三河雑兵心得

奥州仁義

井原忠政

双葉文庫

目次

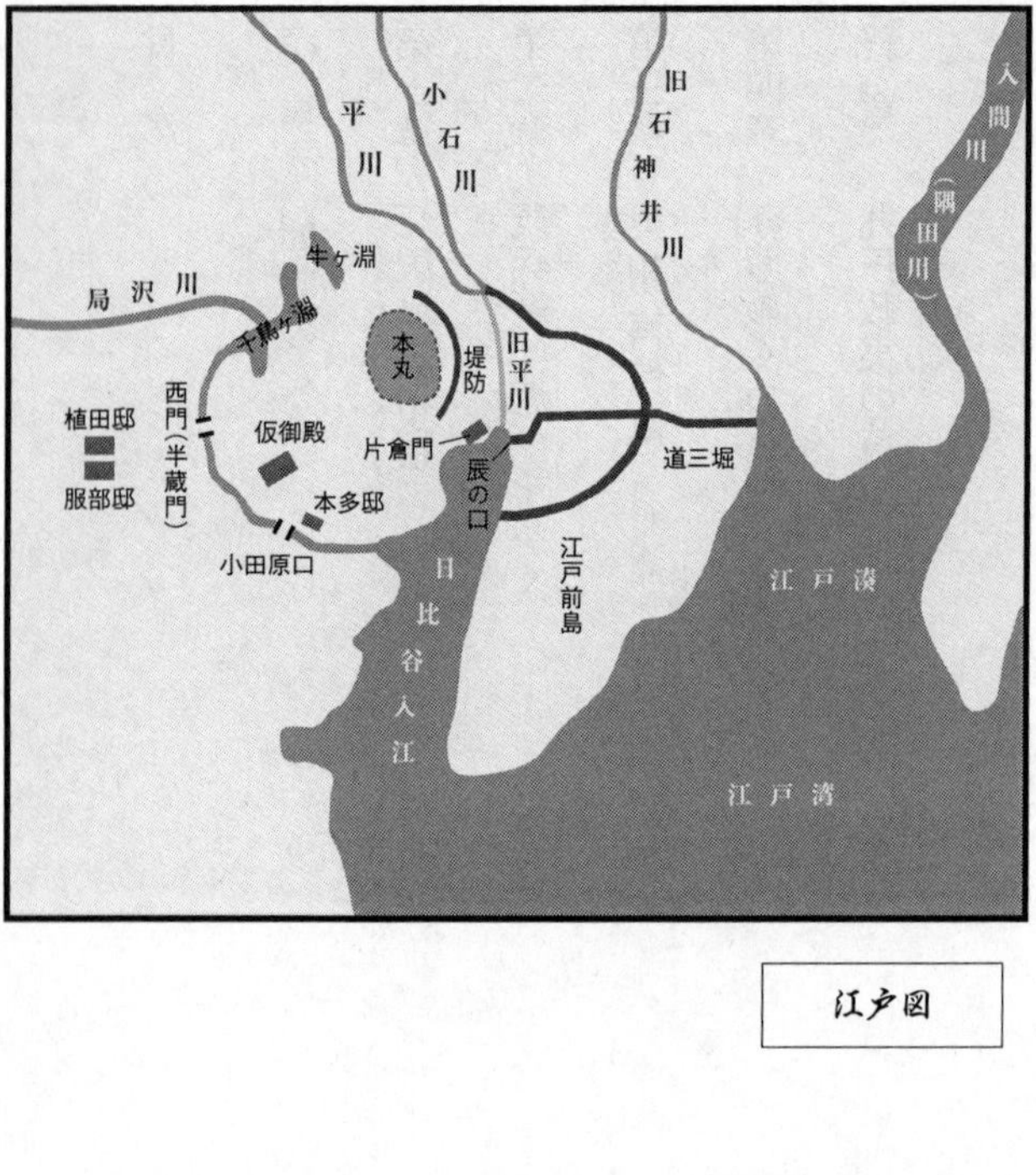

平川
小石川
旧石神井川
入間川（隅田川）
牛ヶ淵
局沢川
千鳥ヶ淵
本丸
堤防
旧平川
西門（半蔵門）
植田邸
服部邸
仮御殿
片倉門
辰の口
道三堀
本多邸
小田原口
日比谷入江
江戸前島
江戸湊
江戸湾

江戸図

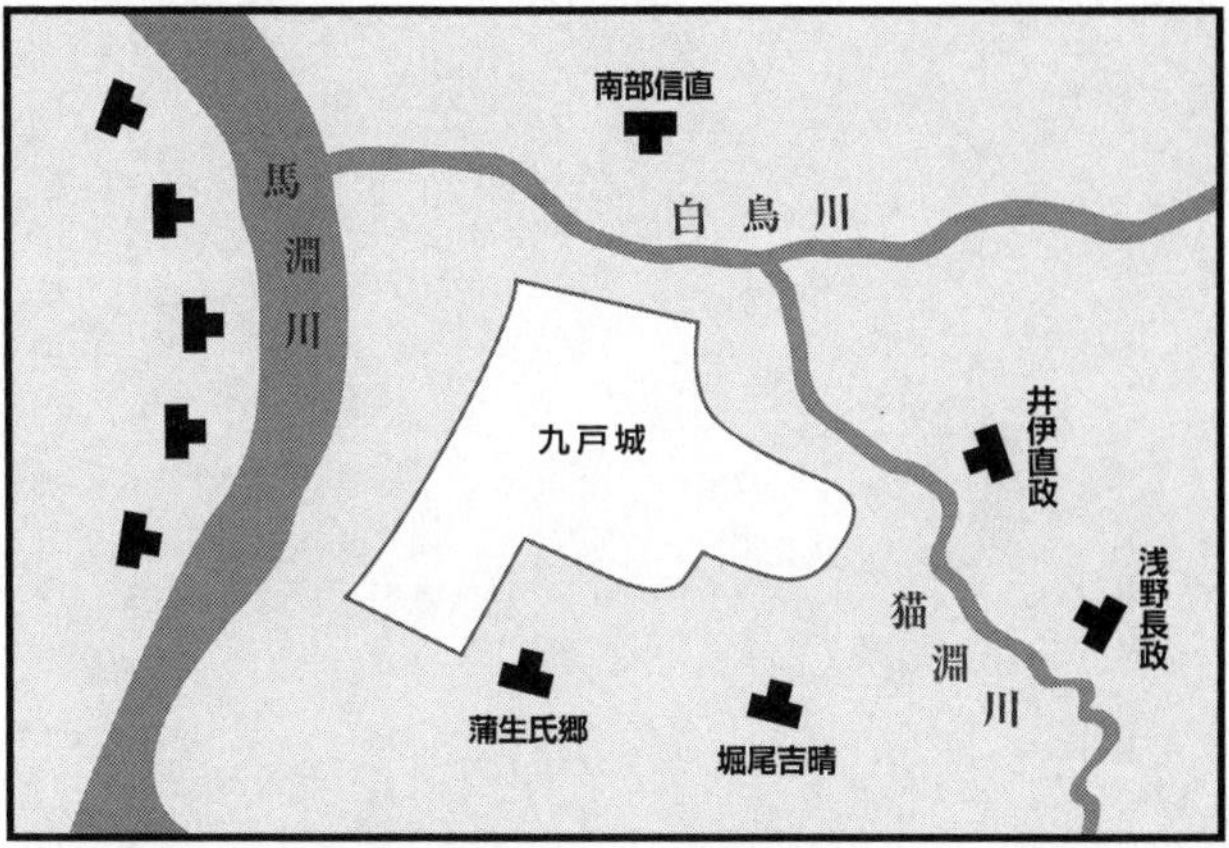

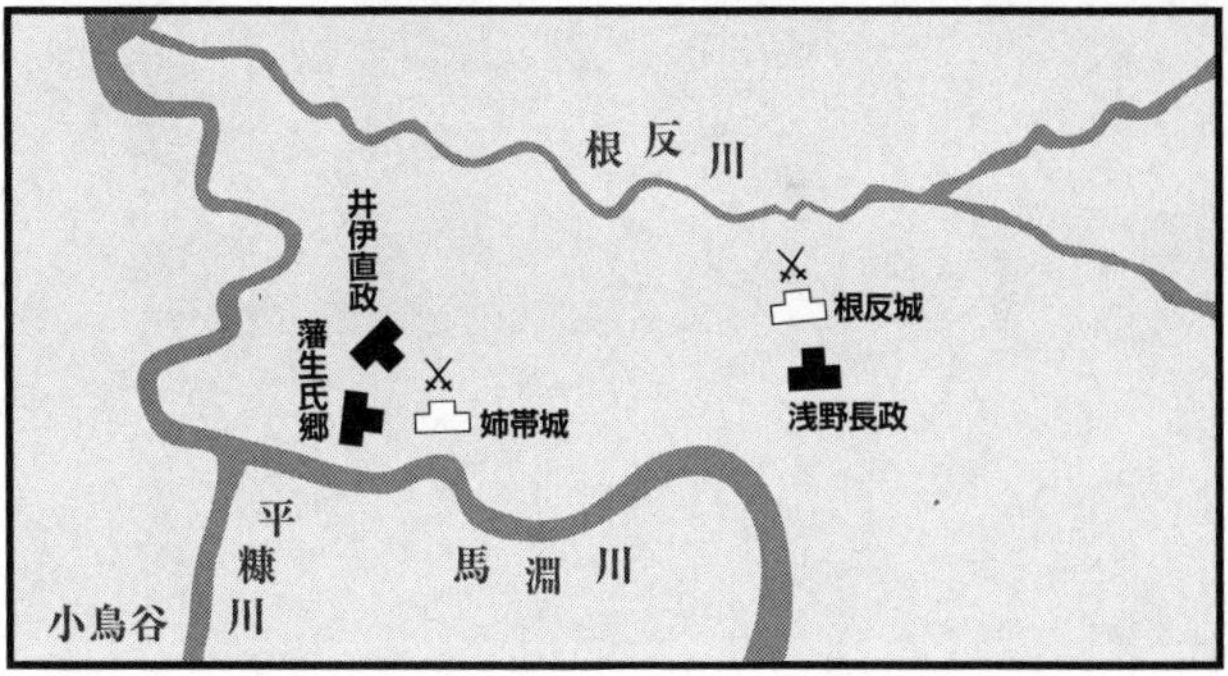

九戸政実の乱 主要戦場図

三河雑兵心得　奥州仁義

序章　鰯雲《いわしぐも》のころ

植田茂兵衛《うえだもへえ》が率いる鉄砲百人組が、遠江国《とおとうみのくに》の草薙《くさなぎ》で謎の一団から奇襲を受けたのは、天正《てんしょう》十八年（一五九〇）七月二十四日のことであった。小田原北条《おだわらほうじょう》氏の降伏から、わずか十九日後である。降伏を潔しとしない勢力も多く、まだまだ騒然とした「何でもあり」の世情なのだ。

その折の襲撃により木戸辰蔵《きどたつぞう》が、左腕の肘から先を失くす銃創を負った。茂兵衛にとって辰蔵は、義弟であると同時に若い頃からの朋輩《ほうばい》だ。傍にいてやりたかったが、茂兵衛の役目は重い。人を付けて辰蔵を草薙に残したまま、任務を続けることにした。

草薙から、北条氏直《うじなお》、氏規《うじのり》を送り届ける高野山《こうやさん》までは、百二十五里（約五百キロ）、往復だと二百五十里だ。百人組はおよそ日に五里（約二十キロ）進むから、ざっくり五十日の旅程となる。順調にいけば「九月の中旬には、辰蔵の元に戻れる」と踏んでいたのだが、ちと楽観的に過ぎた。往路こそ順調だったものの、復路は秋の長雨に祟られ、嵐や増水した河川に、幾度も行く手を遮《さえぎ》られた。結果、現在はもう九月中旬なのに、まだ浜松城《はままつじょう》に滞在中である。この二ヶ月《ふたつき》、気ばかりが急《せ》く茂兵衛であった。

焦る心を落ち着かせようと、城内に与えられた居室の広縁に足を投げ出して座り、青空に浮かぶ小魚の群れを思わせる巻積雲《けんせきうん》を、ぼんやりと眺めていた。

（鰯雲が浮かんでら……もう、すっかり秋だわなァ）

天正十八年九月十五日は、新暦に直せば十月の十三日であるから確かに秋だ。

「茂兵衛殿」

浜松城を預かる菅沼定政《すがぬまさだまさ》が、障子の陰から顔を覗かせた。

「あ、これは藤蔵《とうぞう》様」

藤蔵は菅沼の通り名である。彼に配慮し、慌ててその場に威儀を正した。菅沼は四十絡みの温厚な武将だ。心の真っ直ぐな好漢なのだが、なぜかあまり好かれていない。

元々は美濃《みの》土岐《とき》氏の庶流である明智《あけち》氏の出自と聞く。現在は母方の菅沼姓を名乗っているが、明智光秀《みつひで》とは従兄弟《いとこ》の関係にあるそうな。天正十四年（一五八六）以降、城主である家康《いえやす》の嫡男、秀忠《ひでただ》がまだ幼い（現在十二歳）ことから、事実上の浜松城代を務めていた。

その浜松城は現在、徳川《とくがわ》家の関東移封《いほう》にともない、城を挙げての引越し準備で大童《おおわらわ》である。早朝から城内は、まるで戦《いくさ》の前のような騒音と怒号と馬の嘶《いなな》き、埃っぽさと慌ただしさに満ち溢れていた。

浜松城主の秀忠が赴く先はもちろん江戸《えど》だ。菅沼自身は、下総国相馬《しもうさのくにそうま》に新しい領地を貰った。禄高は一万石である。茂兵衛の三千石よりは、随分と多い。

「茂兵衛殿、大変に申しわけないのだが、あと二日か三日、出発を待ってはくれぬか？」

「それは構いませんが、よほど東海道《とうかいどう》が混んでおるのでしょうな」

「左様、当城（浜松城）からの荷物もさることながら、岡崎城《おかざきじょう》や吉田城《よしだじょう》などの荷も東海道を東へ進みますからな。浜松から先には掛川城《かけがわじょう》や駿府城《すんぷじょう》の荷も増える。ハハハ、もう、大変でござるよ」

関東移封前の徳川家は、五ヶ国百四十四万石の大所帯であった。中でも三河《みかわ》、遠江、駿河《するが》の三ヶ国の家臣団とその妻子、家子郎党《いえのころうとう》十数万人が、家財道具を背負い、童の手を引き、馬を宥《なだ》めつつ、東海道を伝って江戸を目指すのだ。道が混雑するのも当たり前である。

さらに、戦国期の日本の往還は、防衛上の必要から基本的に悪路が放置されていた。狭い上に整備が施されていない状態だから、一度雨などが降ると、泥田の中を歩むような仕儀となった。もちろん、川に橋などは架かっていない。

「明日、明後日《あさって》……遅くとも明々後日《しあさって》には、必ず発《た》てるように致すゆえ、御辛抱下され」

(明々後日？　三日後かいな)

と、空をチラと見上げた。鰯雲が出ると数日後には天気が崩れるという。

(ま、崩れてから考えようかい)

「はい、大丈夫にございます。役目を果たしての帰り道、急ぐ必要はございませんので」

胡座《あぐら》をかいたまま丁寧に頭を下げた。

茂兵衛は、菅沼のことが嫌いではなかった。彼が明智光秀の親族ということ、また非三河出身者ということで、色々と陰口を叩かれ、嫌な思いをしていることを知っていた。茂兵衛自身も三河者の陰口には閉口しているので、どこか親近感を覚えていたのだ。

「貴公に、書状が幾通かきておりますぞ。ほれ、これとこれも……」

菅沼が五通ほどの書状の束を懐から取り出し、茂兵衛に手渡した。

妻の寿美《すみ》からは二通がきている。茂兵衛の実の妹で辰蔵の妻でもあるタキから一通、家康の謀臣である本多正信《ほんだまさのぶ》から一通。さらに、差出人として「田鶴《たづ》」との署名のある一通が目についた。

（田鶴って……あの田鶴姫のことかいな？）

田鶴姫は曳馬城主《ひくまじようしゆ》飯尾連龍《いのおつらたつ》の妻である。二十二年前、家康が曳馬城を攻め落とした折、田鶴姫は甲冑《かつちゆう》を着けて自ら戦い、壮絶なる討死を遂げた。茂兵衛とは因縁浅からぬ綾女《あやめ》は、田鶴姫の侍女だったのだ。ちなみに、その曳馬城の上に、現在の浜松城は立っている。

（この書状はたぶん、綾女殿からなのだろうなァ）

辰蔵が撃たれた日、近傍の古刹《こさつ》の和尚が「金瘡医上がり」と聞いた茂兵衛は独り馬を飛ばした。その古刹で「産後の肥立ちが悪く、松之助《まつのすけ》を産んですぐに死んだ」と聞かされていた綾女に遭遇したのだ。

（なにせ再会したのが寺だったからなァ……や、胆を潰したぜェ）

あの折、辰蔵の容態は緊急を要した。綾女とゆっくり話している暇はなかったのだ。わずかに二言、三言、言葉を交わしたのみで、後は嫌がる金瘡医上がりの和尚を無理矢理肩に担ぎあげ、辰蔵の元へと取って返した。

そんな経緯があるだけに、差出人に「田鶴」の署名がある封書がとても気になる。一刻も早く読みたい。

寿美には、本当に申しわけないのだが、「田鶴」の書状以下の三通は、どれも重要案件の香りが強い。妻からの手紙を後回しにするからといって、決して茂兵衛の寿美に対する愛情が冷めたというようなことではなく――菅沼定政が去ると、茂兵衛はまず、タキの手紙を開いた。辰蔵の容態がなによりも気になったからだ。

「お、よかったァ」

思わず笑みがこぼれた。

この二ヶ月足らずの間に、辰蔵は生命の危機を脱していた。左腕の肘から先は切断ということになったが、命に別状はなく、手紙には「辰蔵殿は元気です」と認《したた》めてあった。現在は駿府城下の自邸に戻り、養生を続けているそうな。まずはホッとした。

「な〜に、腕の一本や二本なくなっても辰蔵に変わりはねェんだ。生きて元気なら上等だがね。ありがたや、ありがたや」

と、一人呟《つぶや》いて、幾度も頷いた。

それはよかったのだが、ただ一点だけ――タキの手紙には、「田鶴局様に、大層世話になった」とも認められていた。

「おいおいおいおいおいおい……大丈夫かよ」

一瞬、茂兵衛の背筋を冷たい汗が流れ落ちた。

「お頭、独り言ですか？」

鉄砲百人組で五番寄騎を務める甥の植田小六《ころく》が障子の陰で微笑《ほほえ》んだ。

「喜べ。辰は、元気だそうな」

と、タキの手紙を振ってみせた。

「ああ、そりゃよかった。叔父上もあれでなかなかしぶといから、簡単には死にませんなァ」

小六からみて、辰蔵は叔母の連れ合いで、叔父に当たる。茂兵衛は小六を辰蔵の元に置いて草薙を発った。一人でも親族が傍にいた方が、心強いだろうと思ったからだ。辰蔵の手当てが終わり、一服したところで小六は草薙を発ち、茂兵衛たちに追いついて、高野山まで同道したという経緯だ。

「ハハハ、めでたい。めでたい」

小六はそのまま茂兵衛の隣に座り込み、ニコニコしている。

「おい、なんだよ？　俺ァ書状を読みたいんだが」

「や、私になど遠慮は無用にございます。さ、お読み下さい」

田鶴局は、おそらくは綾女だ。内容によっては、家庭平和のためにも小六に書状を見られたくない。

（ま、綾女殿はたァけではねェから、そうそう危ういことは書いておらんだろうとは思うが……）

「伯父上、読まないのですか？」

「読むよ。でも、なんでおまんはそこにいるんだ？」

「や、むしろ私がいた方がいいだろうと思って」

「なんでだよ⁉」

甥の能天気な顔に、少し苛ついてきた。

「手紙なんてそんなものですよ。嬉しい内容なら共に喜び、嬉しさ倍増。悲しい書状だったら、大丈夫、慰めて差し上げます」

「そ、そうなの？」

「そうですとも」

「ならええわ。そこにおれ……み、見るなよ」

「見ませんよ」

次に、本多正信からの書状を開いた。これは新領地に関する通知であった。

「おい、俺は上総国《かずさのくに》は夷隅《いすみ》に計七ヶ村を貰えるそうだ」

「ほう、七ヶ村の御領主様とは凄いや……でも、夷隅ってどこです？」

「知らん」

「そ……」

茂兵衛の新領地は、上総国の外房側に与えられた。本多平八郎《へいはちろう》の大多喜《おおたき》領十万石の近傍で、中堅家臣の領地が集まっている土地柄だ。で、どの家も武辺揃いらしいが、これは偶然ではなかろう。安房《あわ》の里見《さとみ》氏が北上した場合の備えである旨が正信の書状にも書いてあった。里見義康《よしやす》は、小田原攻めにこそ参陣したが、別件で惣無事令違反を問われ、大きく領地を減らされている。万が一、豊臣《とよとみ》政権への不満が募って謀反《むほん》でも起こそうものなら、「本多平八郎が、お相手致す」との徳川家からの恫喝であろう。

（ハハハ、平八郎様の下で戦うのも悪くねェなァ）

普段の平八郎は狂暴で視野が狭く排他的で危ういが、戦場での彼は信頼が置ける。平八郎の指揮に従っていれば、誰もが生きて家に帰れる。

いよいよ三通目に「田鶴」と署名のある封書を開いた。チラと小六を窺ったが、覗き見るような素振りは一切なく、庭で咲く金木犀《きんもくせい》の花を愛《め》でている。

（ああ、金木犀ね……ええ香りだがや）

と思いながら、書状を開き、貪《むさぼ》るように読んだ。

田鶴とは、やはり綾女の名乗りであった。彼女とは、一度だけ同衾したこともある。たったその一夜の結果、生まれたのが松之助で、今は辰蔵とタキの夫婦が育ててくれている。

綾女の手紙には――あれから皆で辰蔵を寺に運び、早速和尚が手当てをしたこと、残念ながら左腕の肘より先は切除したこと、辰蔵の留守家族には綾女の方から手紙を書いて報せたこと、一ヶ月ほど寺で養生した後、駿府へと送り返したことなどが、流れるような美しい女手《おんなで》で認められていた。肘から先を切除したところまでは、小六からの報告で知っていたし、その後の展開もタキからの手紙でおよそのところは理解していたが、それでも綾女からの手紙が総括してくれて、実感が湧いた。

（綾女殿か……）

文字には、その人の現在の境地が、明白に表出するという。さしずめ、今の綾女は安定と自信を持って生きているようだ。

また、文末には偶然に草薙の寺で会って「驚いた」というようなことも述べられていたが、当たり障りのない内容で、そこは安堵した。

（ああ、よかった。これなら万が一、寿美に読まれても大丈夫だわ）

それに昔の愛人が、ちゃんとした人生を歩み、分別ある大人になっていることが、なによりも嬉しかった。

（綾女殿は若い頃から相当酷《ひで》ェ目に遭ってきた。心が荒《すさ》んで、性根が腐っていたら、俺としてはやりきれねェし……あ？）

ふと見れば、茂兵衛が手にした綾女の書状を、傍らから小六が覗き込み、食い入るように読んでいる。

「こらッ」

と、手紙を隠して睨みつけた。

「よ、読んだのか？」

「読みましたけど……別に隠すような書状ではないでしょ？」

「あ、あ、当たり前だがや」

しどろもどろになりながら、伯父は呼吸を整えた。

第一章　江尻城《えじりじょう》の東屋《あずまや》

一

天正《てんしょう》十八年（一五九〇）九月二十日の昼前に、鉄砲百人組は駿府《すんぷ》へと入った。長旅の最後は雨に祟られた。雨自体は霧雨程度で大したことはないのだが、道は大いにぬかるんだ。江戸《えど》へ向かう引越しの行列が、草鞋《わらじ》と蹄《ひづめ》で連日耕し続けた道であり、仕方がない。

駿府城内も浜松《はままつ》以上にごった返していた。駿府は、当主家康の居城にして徳川家の本拠地である。徳川領五ヶ国の中央政庁としての機能もあり、江戸へ移す人員、書類、武具、家具調度の数と量は、岡崎城《おかざきじょう》や浜松城の比ではない。

泥だらけの配下三百人を喧噪の城内へ入れては迷惑をかけるので、雨が降る中、城外に整列させたまま、茂兵衛一人が本丸御殿に向かった。足軽たちが長旅で疲れ切っているのは確かだが、簡単に解散させるわけにはいかない。いやしくも百人組は軍隊である。このまま入城せずに「鹿児島《かごしま》に向かえ」「蝦夷地《えぞち》を攻めよ」との命が下るやも知れないからだ。ところが――

「はあ……殿にでござるか？」

取次ぎに出てきた若い武士に緊張感はなかった。家康に拝謁したいと頼んだのだが、どうも要領を得ない。茂兵衛のことも知らないらしく、盛んに首を傾《かし》げるばかりだ。

（ま、徳川家臣団も三万人を超えとるから、俺のことを知らなくても、仕方ないわなァ）

若者は、甲冑《かっちゅう》に陣羽織姿、腰に長大な太刀《たち》を吊る泥だらけ、埃だらけの中年武士を胡散臭《うさんくさ》そうに眺めている。

ちなみに、最近の茂兵衛は打刀を止め、太刀を佩《は》くようになった。平八郎から「太刀を使え、陣羽織に打刀では威厳がねェ」と意見されたからだ。太刀は打刀より刃渡りが長く、反りも大きい。馬上で、片手に持って戦うことを想定した得物である。刃を下に向けて佩《お》びるから、馬の乗り下りの際に鞍《くら》などに引っかからずに都合がいい。総じて騎馬武者の武器と言える。対する打刀は、近接戦で両手で操る徒士《かち》武者向きの得物だから、平八郎としては「いつまでも雑兵気分でおるな、恥ずかしい」と叱ったのだろう。

「それがし、鉄砲百人組を預かっております。只今、北条氏直公を配流先の高《こう》野山《やさん》に送り届け、帰還致しましたところ。その旨、殿さまにお取次ぎ頂きたく存じます」

と、辞を低くして、かなり慇懃《いんぎん》に頼みこんだのだが——

「見ての通り、城を挙げての引越しの最中、殿は、大変にお忙しゅうございましてな」

「では、本多佐渡守《さどのかみ》（正信）様にお取次ぎを」

「や、困りました。佐渡守様もお忙しく、拙者『誰も取次ぐな』と命じられております る」

賢そうな男だが、どうも往復二百五十里（約千キロ）に亘る大遠征の意味が分かっていないらしい。そもそも北条氏直は家康の娘婿で、氏規は家康の竹馬の友だ。家康だって消息ぐらい聞きたいだろう。多少腹は立ってきたが、この手の奥向きの官吏が、世事に疎《うと》いこともよくある話だ。

(ここは、抑えて抑えてだな)

「それがしの配下三百人は、この雨の中、今も城外に整列しております。殿様の許可なくば、みだりに解散させることもできません。何卒、お取次ぎをお願いしたい」

「ああ、それなら……別に解散させても宜しいのではございませんか？」

「こらァ」

「え？」

「や、なんでもござらん」

──短気はいけない。ここは主人の居城なのだ。抑えて抑えて。

「卒爾《そつじ》ながら……貴公の官職名を伺いたい」

怒りに、少し声が震えている。

「駿府城本丸御殿取次方、土井甚三郎《どいじんざぶろう》と申しまするが、それがなにか？」

(土井姓か……たぶん、名門の御曹司やろなァ)

「土井甚三郎殿か……なかなか良きお名前にございまするなァ、ハハハ」

「はい、大層気に入っております、ハハハ」

と、土井が微笑《ほほえ》んだ刹那、茂兵衛は周囲を見回し、人の目のないことを確認すると、若者の両耳を摑み、息がかかる距離までグイッと引き寄せた。

「イタタタタタ」

娘の綾乃《あやの》は日頃から、茂兵衛の顔を「鬼瓦みたい」と虚仮《こけ》にする。この近距離だと、相当な迫力のはずだ。

「おい、いいから殿様なり本多様なりに取次げや。茂兵衛が戻ったとな。それで通じる。うだうだぬかしてると、おまん、明日からは耳なしで登城することになるぞ」

「イテテテテテ」

少し耳介《じかい》を捻《ひね》ると、土井は身を捩《よじ》り悲鳴を上げた。

「茂兵衛、相すまんかったなァ」

本多正信が、白髪の目立つ眉を「への字」にして、若い取次方の非礼を茂兵衛に詫びた。土井の言葉通り家康は多忙で会ってもらえず、正信にもしばらく待ってから、ようやく会えた。本当に首脳陣は忙しいようだ。

「それがしこそ短気を起こしまして、土井殿に謝っておいて下され」

「ふん、なにも気にすることはねェさ」

正信が、辟易《へきえき》した様子で、月代《さかやき》の辺りを指先で掻《か》いた。

「ここだけの話、貴公だけではねェのだわ。平八郎殿、小平太《こへいた》殿（榊原康政《さかきばらやすまさ》）などからも『本丸は、若い衆の教育がなっとらん』と捻《ね》じ込まれとる。土井は、あれでもまだ、会話が通じるだけましな方よ」

「ほおほお」

（つまり、会話が通じん者もおるとゆうことか？　そりゃ、厄介そうだら）

「ただな、口で文句を言われる分には構わんのだが……平八郎殿は、ほれ、殴るから。手や足が出るから問題になるのさ。や、貴公は耳を摑んだだけだからまだええのよ。暴力にも愛嬌と軽みがあるからな」

愛嬌と軽みのある暴力――今一つよく分からない。

「なにしろ、以後、気をつけまする」

渋面《じゅうめん》で平伏しながらも、心中では「ざまを見ろ！」と快哉《かいさい》を叫んでいた。土井か、その仲間が平八郎から打擲《ちょうちゃく》を受けたと聞けば溜飲《りゅういん》が下がった。

戦場《いくさば》でなら、気の利かない若者を上役が張り飛ばすのは日常茶飯事だ。誰も咎めないし問題にもならない。ただ、ここは戦場ではなく、惣無事令の時代の本丸御殿なのだ。粗暴な年寄りは嫌われ、いずれは排除される。一方で小腰を屈め、卑屈に接してばかりいると舐《な》められて居場所がなくなる。嫌われないように、舐められないように——戦国期から惣無事令へ、この変化の時代、古い流儀の武士の生き様は、なかなかに難しい。

「でもな」

正信が続けた。

「あの土井甚三郎も、ただのたァけではねェのさ。世の中の仕来《しきた》りなど何一つ知らんが、数字に滅法強くてのう。出納《すいとう》の事務をやらせれば、茂兵衛、おまん百人分の働きをしよるがね」

「ほお、それは優秀ですな……」

(百人分って……俺、どんだけ阿呆だと思われとるのかなァ)

「ときに、茂兵衛よ」

と、正信が声を潜め、顔を寄せた。

「はい」

「おまん、上総《かずさ》の新領地はどう思うた？」

「や、七ヶ村をも任されて、ありがとうございまする」

「あの地は温暖でなァ。米もよう穫れる。近隣も、平八郎殿を始めとして、おまんと反りの合いそうな武辺者ばかりじゃ。三千石は、おまんの働きにしたら少ないとも思うが、ま、辛抱してくれや」

「とんでもございません。佐渡守様が一万石なら、それがしなど三百石ほどが身の程と思うておりました」

「たァけ。ワシが五万石受けたら、方々から不満が噴き出すがね。ハハハ──

正信は家康最側近の謀将である。厚遇されると、妬みを受ける。君側《くんそく》の奸《かん》と呼ばれかねない。思慮深い正信は、一万石の分際に甘んじることで批判をかわしたかったのだろう。

（欲張らねェところが、佐渡守様の長生きの秘訣だわなァ）

「今まで通りに励んでおれば、いずれもう少し色を付けて貰えるかと思う。殿もたぶんそのおつもりやろ。おまんやワシのように、殿から特別に気に入られてる者は、金銭的には『少し報われん』ぐらいが丁度ええのよ」

「御意ッ」

と、頭を下げながら、自分が殿様から「特別に気に入られている」との一言を反芻《はんすう》してみた。

（最初は、俺は殿から嫌われとるのかと思うとったが、最近は、少し好かれとる

のかなァと感じるようになった。俺のどこがええのか、よう分からんが）
その後、正信から鉄砲百人組を「解散してよし」とのお墨付きを得た。これで足軽たちも、久し振りで我が家に戻れる。茂兵衛も妻子が待つ屋敷へと帰れる。

「もへえ！」

「たァけ、父上と呼べ」

父親としての威厳を込めて、低めの声で厳しく窘《たしな》めた。

「父上と呼ばねば、今後おまんとは口をきかん」

甲冑を脱ぎ、沐浴を済ませ、平服に着替え、自邸の玄関式台で草鞋を突っかけたところに、綾乃が背後からドンと抱き着いてきたのだ。

「これ綾乃……父上はこれからお出かけですのよ。奥で遊んでらっしゃい」

玄関に控えて見送っていた寿美も娘を窘めたが、どこかおざなりな印象だ。本気で叱っている風には見えない。

「寿美、ちゃんと叱れよ。この娘は、また性懲《しょうこ》りもなく父のことを呼び捨てにしとるんだぞ。おまん、母親としてなんとかせェや」

思わず寿美に矛先を向けてしまい、内心では「まずかったかなァ」と後悔したのだが、手遅れのようで、早くも妻は柳眉《りゅうび》を逆立てた。

「私に仰《おっしゃ》らないで下さいまし。貴方も父親なら、御自分で仰るべきです。ちゃんと娘と向き合うべきです。貴方は綾乃との対決を避けてばかりおられる」

「た、対決って……」

口籠った茂兵衛に、綾乃が横から畳みかけた。

「ね、もへえ……タキ叔母様のところに行かれるなら、私も一緒に行きたい。いいでしょ？　松之助様と遊びたいし。ね、いいでしょ？」

「もへえではねェ。父上だ」

綾乃は今年九歳になった。近所でも評判の美少女だ。優しく明るく賢い。非の打ちどころのない娘なのだが、どうにも父親だけは、見下し、舐めている風が否めない。

「一緒に行っていい？」

「おまんとは口をきかん」

「ね、行っていい？」

「……」

「いいでしょう？」

駄目だこれは——傍らに控えていた清水富士之介《しみずふじのすけ》が、蟀谷《こめかみ》の辺りを押さえ、沈痛な面持ちで頭を振るのが分かった。

嫌われず、舐められず——確かに人の付き合いが難しいのは事実だが、こと実の娘に関しては、完全に親子の距離感を間違えてしまった。自分は本当に、兵士三百人を率いていて、大丈夫だろうか？

「ま、ええけど」

二

木戸家の屋敷は俸給百貫（約二百石）の下級武士に相応《ふさわ》しい、華美を排した質実剛健な家だ。

辰蔵は、タキと松之助を伴って、門前まで出迎えてくれていた。辰蔵の左袖がユラユラと頼りなく揺れている。改めて義弟が腕一本を失った現実を突きつけられる思いがした。

「おいおい辰……出歩いて大丈夫なのかい？」

茂兵衛は、鞍上《あんじょう》で抱いていた綾乃を富士之介にさっさと渡し、自分は慌てて鞍から飛び下りた。

「なに、元気なもんさ」

辰蔵が笑って応じた。明るく振る舞ってはいるが、やはりやつれて見える。ほんの二ヶ月前に片腕を失ったのだ。体が辛いのは仕方あるまい。

「少し不便だが、なんとかなる」

綾乃は松之助を誘って邸内へと消えた。松之助は茂兵衛を見て会釈してから、従姉《いとこ》の後を追った。なかなか礼儀正しい。本丸御殿の土井甚三郎よりは使い物になりそうだ。それに、穏やかで賢そうな目をしている。辰蔵は、いい跡取り息子を持った。

「それに左腕でよかったよ。右腕を撃たれてたら字が書けん、箸《はし》も使えんで往生こいたろうけどな、ハハハ」

「おまんがそう言って明るくしてくれると、周りの俺らは救われるよ」

ただ、武人としての辰蔵の人生は、事実上「終わった」ということだろう。これから先のことを考えねばならない。今日は、その相談も兼ねての訪問である。

「おまん、江尻城で綾女殿の世話になったのか?」

「うん、一ケ月《ひとつき》ばかりな」

木戸邸の小体《こてい》な書院に場を移し、辰蔵と二人きりで声を潜めて話し合った。

「驚いたよ。綾女殿は死んだと聞いとったから」

「すまん。あのときは、死んだことにするのが一番ええと思ったんだわ」

床柱に背をもたせた辰蔵が、頭を下げた。

「アハハハハハ」

「フフフ、ハハハ」

綾乃と松之助が、庭で走り回り、笑い合う声が伝わってきた。

(随分と仲がええようだが、普通の仲良しに止めとけよ。おまんら二人は、姉弟《きょうだい》なんやからのう……ん?)

辰蔵と目が合った。ひょっとして同じことを考えていたのかも知れない。少し気まずい。父親が二人、互いに視線を逸らした。

「なに、謝ることたァねェよ」

茂兵衛が言葉を継いだ。

「確かに一番ええ策だったんだろうさ。綾女殿は大層なお局様に出世しておいでのようだし、松之助もおまんら夫婦に懐いて立派に育っとる。俺の家にも波風は立っとらんからなァ。皆が幸せになっとる。おまんの判断は、正しかったのさ」

「や、俺じゃねェ。乙部《おとべ》様よ」

「なにが？」

「これすべて乙部八兵衛《はちべえ》様の策よ。俺はゆわれた通りにしたまでだがね」

「ほう……つまり、俺に『綾女殿は産後に死んだ』と伝える策を考案したのは、乙部八兵衛だとゆうのか？」

「ほうだら」

「あの野郎……」

茂兵衛の顔が、怒りに歪んだ。

「なんだよ。乙部様は皆が上手くゆくようにって、知恵を絞ってくれたんじゃねェか。俺ァ感謝してるよ。おまんだって今、判断は正しかったたって……」

雲行きが怪しくなり、辰蔵が慌てだした。ただでさえ青白い病人の顔が、さらに血の気を失っている。

「たァけ。おまんは騙されとるんや」

「え？」

「そもそも乙部が他人のために思って動くはずがねェ。ましてや俺のことを考えてなんて、金輪際《こんりんざい》あり得ねェわ。なんぞ悪どい計算があるんだわ」

「そ、そんな……」

「乙部の野郎を捕まえて、真相を質《ただ》さにゃならんわなァ」

「おい、乱暴はいけねェぞ」

「大丈夫、俺も大人だがね。殴る蹴るはしても、殺しまではしねェ」

「おいおいおい、茂兵衛……」

茂兵衛としては、辰蔵が考えた策なら感謝もしようが、乙部の策だというのなら話は別で「俺の感情は、ちと曲がるよ」と言いたかったのだ。若い頃から乙部八兵衛には酷い目に遭わされ続けてきた茂兵衛である。八兵衛の名を聞くと反射的に警戒し、反発するのが習い性のようになっていた。

「兄《あに》さん、引越しの準備で、あまり大したものは作れなかったけど」

そう言ってタキが、二人の女中と共に膳を運んできた。

「お、おう」

妹の出現に、今まで「殴る、蹴る、殺す」と物騒な台詞《せりふ》を連発していた茂兵衛が大人しくなった。愛人に関する話など、妹に聞かれたくはない。

「大丈夫や。タキにはわけを話したと、前にゆうたろうが」

茂兵衛の心を読んだ辰蔵が囁《ささや》いた。

「ど、どこまで話した？」

「なんでも聞いてますよ」

タキが横から割って入った。松之助の生みの母である綾女という女性が江尻城で出世しており、さらに今回、亭主の怪我で大層世話になった「田鶴局」が実は彼女であることなどを知っていると告げ、その後溜息をもらした。

「なんだ……おまん、全部聞いてるんだな」

「うん」

妹が兄に頷いた。

「おまんら夫婦には、俺の恥を全部知られとるんやなァ。松之助のことも含めて俺ァ、おまんらには足を向けて寝られんと思うとる。この通りだがね」

と、茂兵衛が妹夫婦に平伏した。ちなみに、もう二十七年も前の話になるが、茂兵衛はタキの初恋の相手を、喧嘩のはずみで撲殺している。

「その恩人に、俺ァ重ねて仇をなした。俺の命で辰は藪に突っ込んだんだ。結果、左腕を失っちまった。本当に申しわけねェことだと思っとる」

また平伏しようとする茂兵衛をタキが制した。

「兄さん、私、ものは考えようだと思うの。兄さんは、私たちに松之助を押し付けたと思ってるかも知れないけど、松と私たちは正真正銘の親子だし、とても上手くいってる。幸せよ。うちの人は左腕を失くしたけれど、これでもう戦には出ないで済むから、長生きしてくれそうで、よかったなァって」

と、気丈な妹が涙を拭いた。

「面目ねェ」

茂兵衛は改めて妹夫婦に平伏した。

わずかに救いもある。辰蔵は江戸に移れば、山中城《やまなかじょうの》戦《いくさ》での武勲により加増され、俸給が百貫から二百貫（約四百石）に倍増する。四百石なら大体、一ヶ村の領主の分限である。タキは領民から「奥方様」と呼ばれるのだ。当主が隻腕《せきわん》でも、暮らしには困るまい。

そして綾女だ。

茂兵衛は死んだと思っていたが、今では「田鶴局」と呼ばれ、江尻城の奥向きを束ねる老女を務めているそうな。信玄《しんげん》の娘である見性院《けんしょういん》の最側近である上に、城主武田《たけだ》信吉《のぶよし》の乳母《うば》でもある。さらに、筆頭家老として武田家全体を率いる有泉大学助《ありいずみだいがくのすけ》とは茂兵衛絡みで意思の疎通に問題はない。ちなみに、武田信吉の実父は家康であるから、つまり、綾女は「家康の倅《せがれ》の乳母」ということになる。徳川家にあっては、これは大した意味を持つ。総じて彼女は今や「江尻城の女《おんな》主《あるじ》」と呼ばれるほどの実力者に上り詰めていた。


夜遅く、木戸邸から酔って屋敷に戻ると、玄関で寿美と鉢合わせた。

「貴方、大変……殿様がすぐに登城せよと」

「え、今からか？」

寿美が木戸邸に使いを出そうとしていたところへ、茂兵衛が帰宅したらしい。井戸端で顔を洗ってから、衣服を整え、少し眠たげな愛馬仁王《におう》に跨《また》がった。

「茂兵衛、遅くにすまんかったのう。昼の内に佐渡から聞いてはおったのだが、この刻限まで体が空《あ》かんでなァ」

「お忙しいのでございますなァ。なんでしたら明朝に出直しまするが？」

「たァけ、呼び出したのはワシの方だがね」

と、扇子《せんす》の先で茂兵衛を指し招いた。「近くに寄れ」というのだろう。膝行《しっこう》して傍に寄った。

「ええから話を聞かせろ。婿殿（氏直）と助五郎《すけごろう》殿（氏規）の消息が知りたい。旅はつつがなかったのか？」

「お陰を持ちまして。七月二十一日に小田原《おだわら》を発《た》ち、幸い天候に恵まれ、八月十二日には高野山《こうやさん》に着きましてございまする」

草薙《くさなぎ》で奇襲を受けたことの報告は、今宵は割愛した。楽しい話ではなし、家康が聞きたがっている娘婿と朋輩《ほうばい》の話を優先した方がいい。

「高野山での宿は？」

「塔頭《たっちゅう》の一つ、高室院《たかむろいん》小田原坊にお入りになられ申した」

「お、小田原坊とな？」

「や、相州《そうしゅう》の小田原ではなく、なんでも、京《きょう》にある小田原の由にございまする」

平安時代、教懐上人《きょうかいしょうにん》が京の加茂《かも》にある小田原の地から、高野山へと移住し、この近所に庵《いおり》を結んだことからそう呼ばれているらしい。

「ふ～ん……偶然か？　はたまた趣向か？」

「秀吉《ひでよし》公の『ちょうどええではねェか』との鶴の一声で決まったとか」

「あ、そう」

家康は、そう言ったなり口をポカンと開け、しばらく虚空を見つめていたが、やがて思い出したように「婿殿の様子はどうかな？」と茂兵衛に質した。

「氏直公は、督姫様《とくひめ》とお二人の姫様のことを、お気にかけておいででした」

督姫と氏直の間には二女があった。

「さもあらん。秀吉公の赦しが出れば、必ず於富《おふう》（督姫）は婿殿の元へと戻す」

家康は、自らの決意を確かめるように、深く幾度か頷いた。

「助五郎殿は？」

「氏規公は、兎《と》に角《かく》、くれぐれも殿様に感謝の言葉を伝えてくれと、それがし、それこそ十回も二十回も念を押されましてございまする」

「ハハハ、二十回もか、ハハハ」

と、ひとしきり呑気に笑った後、急に家康が真剣な顔になった。蠟燭《ろうそく》の炎に浮かんだ目つきが恐ろしげだ。茂兵衛としては、こういう顔になったときの家康は多少苦手である。

「話は戻るが……一点だけ訊いておきたい」

「はッ」

「助五郎殿は、秀吉公を恨んでおいでの様子か？」

「あの……」

（ほらほら、キナ臭い御下問がきたぞ。どう答えたものやら……）

「ええから、おまんが感じたままを正直にゆえ」

「それでは、ここだけの話ということで」

「当然だがね」

と、家康が身を乗り出した。

「氏規公は……」

茂兵衛は、太刀持ちの小姓以外に人がいないことを確かめてから、声を潜めて話し始めた。

「相当に恨んでおられるやに思われまする」

「助五郎殿が、秀吉を恨んどるとゆう意味だな？」

「御意ッ」

「ほうかい」

氏規は、二人の兄が切腹した折の介錯《かいしやく》を秀吉から命じられた。立派に介錯役を務めた後、自刃しようとするのを、飛びかかって止めたのは他ならぬ茂兵衛である。検使役の榊原康政が刃物を取り上げ、なんとか自死を思い止まらせたのだ。北条の兄弟は、総じて仲が良かった。互いに殺し合わせるようなことをすれば、恨みが湧くのも当然だ。

「あの手のことは、やらん方がええなァ。なにがええのか、なにをどう考えられたのか、秀吉公も随分と酷いことをなされたものよ」

「それがし、氏規公より秀吉公への遺恨の言葉を、幾度か伺いました」

「十回も二十回もか？」

「御意ッ」

慌てて平伏した。どうして家康が「氏規の秀吉に対する遺恨」を確認したかったのか茂兵衛には判断がつきかねた。

（後で、佐渡守様にでも訊いてみるかな）

と、物憂げに虚空を見つめ、思案を巡らせている主人の悪人顔を見上げながら、茂兵衛はそんなことを考えていた。

三

徳川家を挙げて大騒動になっている江戸への引越しは、決して他人事《ひとごと》ではなかった。茂兵衛自身も駿府の屋敷を出て、江戸に移り住むことになるのだから。植田家の家宰を務める鎌田吉次《かまたきちじ》が江戸に先行しており、新屋敷を手配中である。土地は徳川家から支給されるが、建物は自前で建てねばならないから、その手配りだ。

「六百坪か……二反やないかい。全部田圃《たんぼ》にすれば、米三石（約四百五十キロ）は穫れるど」

四十四歳になっても百姓気質《かたぎ》が抜けない茂兵衛は、妙な計算をしては敷地の面積を実感した。

「お屋敷全部を田圃にしたら、私たちはどこに住むの？」

茂兵衛の膝の上で綾乃が質した。

「そりゃ、おまん、田圃の傍らに横穴を掘って、そこに住めばええがね」

「箪笥《たんす》は入るの？」

「箪笥が入るほどの穴にすればええ」

「ウフフ、面白そう」

「綾乃は、穴に住みたいか？」

「う～ん……」

大きな黒目を上下左右に動かし、考えていたが、やがて小声で呟《つぶや》いた。

「虫がおるから、やだ」

「ほうかい……綾乃が嫌なら仕方ねェ。家を建てて住もうか？」

「うん」

こうして会話する分には、素直で優しい娘だ。父親のことを呼び捨てにする悪癖さえなければどんなに——

「ね、もへえ？」

「……………」

悪癖はなかなか抜けない。

「私たちは、いつ江戸に行くの？」

「こ、今年の暮れには屋敷が建つから、師走《しわす》の半ばには駿府を発とう」

家康は、家臣たちに江戸への移住を急がせた。

表向き、家康が初めて江戸に入ったのは、八月朔日《さくじつ》（一日）ということになっているが、実際には秀吉からの打診を五月に受けた直後から、正信以下の事務方に指示を出していた。七月には自分も「秀吉公をお迎えする準備」との名目で、江戸に入っている。八月中には、かなりの家臣団が江戸入りし、その迅速さは秀吉を驚かせたものだ。引越しで混乱しているところにつけ込まれ、秀吉に攻めかかられないための用心らしい。

ただ、そうはいっても、三万人余の家臣団とその家族と奉公人たち、都合十数万人の大引越しである。道中と江戸での住まいの確保がまったく間に合わない。殿軍《しんがり》が、半年後の移動になるのは致し方がないことである。氏直と氏規を高野山まで送った茂兵衛たちも、かなり後の方の移動となった。

「屋敷がたつから、駿府をたつのね？」

娘が、上手い台詞で返したので、茂兵衛はニヤリと笑った。

「ま、そうゆうこった」

本当に、呼び捨てさえ止めてくれたら、どんなにいい娘だか知れない——

「ね、もへえ？」

「……」

（いずれは厳しく言って聞かせねばなるまいが……呼び捨てにされる度に、叱って、それを無視され続けておると、親としての威厳が損なわれかねん、ここしばらくは、静観しておくか）

「な、なんだら？」

——結局、またもや素直に応えてしまった。

「辰蔵叔父様の家と丑松《うしまつ》叔父様の家と、一緒に行くんでしょ？」

「ほうだがや」

「江戸までの旅行ね」

「ま、そうだな」

「辰蔵叔父様のとこには松之助様がおるし、丑松叔父様のとこには小六様がおられるから私は楽しい。でも、善四郎《ぜんしろう》叔父様の家とは一緒に行かないの？」

綾乃の悪癖は、父親を呼び捨てにすることだけではない。若い男にすぐ惚れて、夫婦《めおと》約束を乱発しているところもいただけない。松之助にも小六にも、それから善四郎の次男にも、果ては茂兵衛が苦手な隣家の出《で》っ歯《ぱ》の次男坊にまで、綾乃は秋波を送り「将来は嫁に行く」と確約しているそうな。

「残念だが、善四郎様とは都合が合わんで、今回は別行動となるわな」

真相は都合云々ではない。

茂兵衛と善四郎の関係性に問題はないのだが、寿美と善四郎の仲が、少しだけギクシャクしている。善四郎が番頭《ばんがしら》として数多《あまた》の騎馬武者と寄騎同心衆を率い、侍大将の証である小馬印《こうまじるし》を茂兵衛より先に立てたことが、寿美としては我慢ならなかったようだ。

（善四郎様は、徳川の御一門衆、対する俺は渥美《あつみ》の百姓の出だがや。あちらの出世が早いのは仕方ないがね）

ブツブツと心中で愚痴った。

元々姉弟仲はよかったので、茂兵衛が小馬印を許されれば、寿美の気分も晴れて和解となるのだろうが、先日、正信が言っていた通りで、小馬印など許されて偉そうにしていると、周囲からのやっかみを買いかねない。なかなか難しいところだ。

江戸に向けて発つのは、まだ三ヶ月《みつき》も先だ。引越しの準備は、寿美が陣頭指揮をとり、着々と進めているから、茂兵衛はやることがない。

「貴方、江尻城に行かなくていいのですか？」

「江尻へ？　な、なんのために？」

縁側で足の爪を切っていた茂兵衛が、必死に動揺を隠しながら訊き返した。

「田鶴局様へのお礼よ。辰さんが大層世話になったのだから、義兄として上役として、貴方がお礼に行かないでどうするの」

ペチン。

鋏《はさみ》を持つ手がわずかに震えた。

「い、いいのか？」

茂兵衛は今、正妻から「愛人に会いに行け」と言われている。ま、寿美は知らないことではあるが、それにしても――

「なにが？」

怪訝《けげん》そうな顔をして、寿美が小首を傾げた。女房殿は、正月で三十八になったのだが、今でも十分に美しい。

「や、引越しの準備もあるだろう。俺がいないと……」

「ですから、いない方がいいのです」

きっぱりと言い切られてしまった。

「大きな図体でうろうろされて、余計なところにばかり口を出すのだから、貴方がいない方があれもこれも捗《はかど》ります」

「あの……はい」

プチン。

最後の爪を切った。

翌日、茂兵衛は、郎党の稲場《いなば》三十郎《さんじゅうろう》のみを連れ、騎馬で江尻城へと向かうことにした。寿美がいう「田鶴局」こと綾女に会うためだ。長く「死んだ」と聞かされていた初恋の女性が「生きていた」のだから、色々と話したいこと、確かめたいことが山ほどもある。

（ただ、あれだなァ）

ポクポクと仁王の背に揺られながら、茂兵衛は思案を巡らせていた。二ヶ月《ふたつき》前に草薙の山寺で再会したときに、互いが感じた「あの微妙な空気感」はなんだったのだろうか。

茂兵衛自身は、綾女が幽霊でないと確信した直後、再会と彼女の生存を驚きと共に嬉しく感じたものだ。夢見心地だった。嘘はない。しかし、それも一瞬で、すぐに辰蔵の怪我のこと、生きていた綾女との今後のこと、寿美や綾乃や松之助のことなど千々に思いが交錯し、現実に引き戻されたのだ。

そして、それはおそらく、綾女も同じだったのだ。

茂兵衛の名を呼び、笑顔で数歩駆け寄った綾女だったが、ふと立ち止まり、表情が消えて能面のように変わり、目を伏せたのだ。

（あの感じはなんだったんだろうか？　俺が四十四で向こうは三十八だ。お互い爺ィと婆ァになり果ててるのを見て、ガックリきたのかなァ）

――たぶん、そういうことではあるまいが。

「わッ、しもうた」

背後の三十郎が呻《うめ》いた。

「どうした？」

仁王を止めて、振り返ると三十郎はすでに馬から下りていた。

「馬沓《うまぐつ》が切れましてございまする」

三十郎の乗馬の右前の馬草鞋《うまわらじ》が外れているのが見えた。

「急ぐ旅ではねェ。ゆっくり直せ」

「申しわけございません」

茂兵衛に一礼して屈みこみ、馬の草鞋を交換し始めた。

蹄鉄のない時代、馬の蹄を保護するために、丸い草鞋を履《は》かせたものだ。大変重宝するのだが、ただ一点だけ「持ち」が悪い。道にもよるが、ざっくり四半里（約一キロ）歩く毎《ごと》に交換が必要になる。かなり面倒くさい。長距離の行軍ともなれば、従僕は山のように馬沓を背負って行くことになった。

「三十郎？」

「はッ」

十七年前の元亀《げんき》四年（一五七三）以来、真面目に仕えてくれている郎党が、馬沓を交換しながら返事をした。

「おまん、於仙《おせん》の他に、女がおったことがあるのか？」

「はあ？」

於仙は三十郎の女房の名である。今も寿美の侍女として仕えてくれている。

三十郎が作業の手を止め、主人を見上げた。

「や、なんでもねェわ。忘れてくれ」

「はッ」

駿府城から江尻城までは二里半（約十キロ）ほどある。速歩《はやあし》（約時速十キロ）で馬を走らせれば、半刻（約一時間）で着く距離だ。緊急の折にはそれも可能だが、馬体に負担をかけるから、途中で幾度か休ませたり、常歩《なみあし》（約時速六キロ）を交えて、誤魔化し誤魔化し踏破するのが騎馬武者の心得だ。

東海道《とうかいどう》は、引越しの徳川家臣の一団が三々五々歩いており、いつもより人が多い。

「では、参るぞ」

鞍に跨った頼りになる家来を従え、江尻城に向けて仁王の鐙《あぶみ》を蹴った。

江尻城下の外れで、乙部八兵衛が手を振り、笑顔で出迎えたのには驚いた。

「よう茂兵衛、久しいのう、ハハハ」

（なにが「久しいのう」だ。この野郎、手前《てめ》ェが後ろで糸を引いてたってことは辰蔵から聞いてるんだ）

乙部は徳川隠密の元締めとして、長らく綾女の上役だったのだ。そしてなによりも腹黒い。若い頃から、茂兵衛のお人好しにつけ込むのが、生甲斐《いきがい》のような性悪な男だ。

茂兵衛は、仁王から飛び下り、乙部の首を絞め上げた。

「こらァ八兵衛、おまん、全部話してもらうからなァ」

「く、苦しい……な、なにをゆうとるんだがね？」

「俺ァこの七年間、綾女殿は死んだと聞いとったぞ」

「や、ワシもそう聞いとった」

「嘘つけ」

と、腕に満身の力を込めた。

「グウウウ」

乙部の顔がみるみる紫色に変色し始めたので、少しだけ緩めてやった。ここで簡単に絞め殺しては、後々いたぶる楽しみがなくなる。

「ワ、ワシも驚いたんや。ゆうとくがワシは無関係、なに一つ知らんのよ」

「ならなんでおまんがここにおる？」

「それは……ぐ、偶然だがね」

「この野郎ッ」

容赦なく絞め上げた。

「苦しい。止めてくれェ。し、死んでまうがな」

「殺そうとしてんだよォ」

「ヒィ――――」

「殿、なりませんッ」

三十郎が背後から飛びかかってきて、茂兵衛を乙部から引き離してくれた。解放された後も、悪党はしばらく息ができずに、絞められた首を押さえ、肩を上下させながら、しばらくはゼーゼー言っていた。ざまを見ろである。

「ふん、嘘と騙《かた》り専門のおまんが考えそうな策だがね」

「ご、誤解だわ」

乙部が大仰に頭を振った。

「なにが誤解なんだよォ」

路傍の大岩に並んで腰かけ、乙部が一言喋《しゃべ》る毎に、指先で頭を小突く。喋れば、小突くを繰り返す。心配顔の三十郎は、少し離れた場所に立ち二頭の馬に草を食《は》ませていた。東側の疎《まば》らな松林の向こうに、巴川《ともえがわ》に面した江尻城の土塁が見えている。

「だって、おまん、綾女に『側室になれ』と迫ったそうではないか……ええ歳して恥ずかしい。おまんのは大人の色恋ではねェ」

「そんなことまで、あの女《あま》は喋ったのか？」

と、また小突いた。

「たァけで不器用なおまんが、寿美殿と綾女を同時に、上手に扱えるわけがない。本妻と側室の対立に翻弄されてボロボロになることは分かり切っとる。そこでワシが気を利かせて、綾女は死んだと……」

「たァけ。感謝せよとでも言いたいのか？」

と、小突きながら質した。

「これは、綾女も納得ずくの話だがね」

「あ、その言い方……さてはおまん、綾女殿と出来てるな？」

「で、出来てなんかないよ！」

乙部は目を剝《む》いたが、委細構わず首を絞め上げた。

「おまん、綾女殿を抱いたのか？」

事実を知るのが怖くて確認こそしていないが、乙部の口ぶりから「そうではないか」とかねてより確信していたのだ。

「抱いとらん！」

「本当は？」

「天地神明に誓って！」

グイッと腕に力を込めた。

「ウグググ」

「本当は⁉」

「だ、抱きました……」

「幾度⁉」

「一回だけ！　なりゆきで！」

「本当は⁉」

さらに絞める。

「た、たくさんです！　か、数え切れません！」

「……やっぱ、死ねや」

「ウウググググ」

「殿ッ、なりません。乙部様は一応は徳川の上士、喧嘩で殺したとあっては、殿がお叱りを受けますする」

と、また三十郎が止めてくれた。危なかった。もう少しで絞め殺すところだ。

四

江尻城も江戸への引越しの支度で、ごった返していた。

城主の武田信吉は今年八歳だが、下総《しもうさ》小金城《こがねじょう》三万石への転封が決まっている。ちなみに、信吉は故穴山梅雪《あなやまばいせつ》の倅である武田信治《のぶはる》（生母は、信玄次女の見性院《けんしょういん》）が早世した後に、武田宗家を継いだ家康の五男である。

乙部は茂兵衛主従を城下の町屋にある己が屋敷へと誘った。武家屋敷というよりも、無骨さがなく「京か堺《さかい》の、大商人の別邸もかくや」というような、典雅な造りである。

「ここ、おまんの家か？」

「ほうだがや」

乙部が答えた。

「贅沢《ぜいたく》な屋敷を構えとるんやなァ。江尻城下に住んどるのか？」

茂兵衛は現在、奥まった書院で乙部と向き合っている。

「屋敷ぐらいどこにでもあるさ。浜松にもあるぞ。岡崎にも、大坂《おおさか》にも、京にもあるがな」

「おまん……一体全体、何者だら？」

と、茂兵衛が乙部を胡散臭そうに睨んだ。

神出鬼没、怪しげな男である。五年前、八《や》ヶ岳《たけ》山麓で偶然に出会ったときには、供も連れずにたった一人、旅の僧侶の風体をしていた。徳川隠密の元締めのようなことをしているのは確かだが、仕事柄あまり己が職務を語ろうとしない。訊いてもはぐらかす。

「辰蔵は、ここで養生させてもろうたのか？」

「ほうだがね」

「左様か。あ、あの……」

ここで茂兵衛は、威儀を正して畏《かしこ》まった。

「最前はつい激高し、首など絞めて申しわけなかったが……辰蔵が大層世話になったようで、本当に感謝している。この通りだがね」

白々しいとは思ったたし、今さらとも感じたが、ここは取り敢えず、深々と頭を下げておいた。

「たァけ、謝るのが遅いわ！」

と、楽しそうに笑われた。ま、お互い様ということもある。二十数年前、吉田《よしだ》から岡崎へと抜ける間道で初めて会ったとき、茂兵衛は初対面の乙部から殴られて失神し、父の形見である槍を盗まれた。その後、弟の丑松は、餞別としてもらった大事な銭を、乙部に騙されて巻き上げられたのだ。滅茶苦茶である。それに較べれば、ちょっと首を絞めるぐらいは、どうということもない。

「綾女殿にも世話になったと辰蔵から聞いたが、まさか、この屋敷に通われたのかな？」

「うん。綾女は、ここの女主人のようなものだからなァ」

この瀟洒《しょうしゃ》な屋敷の主は乙部だ。そこの「女主人のようなもの」とは——

「あの……それはつまり、その……」

有り体に言えば、乙部と綾女は夫婦同然の間柄なのだろう。

「おまんには黙っとったが、そうゆうこった。文句でもあるのか？」

「や、ない……俺が口出しすることではねェ」

表面上は素直に答えたが、内心では肩を落とし、落胆していた。

（はあ……参ったなァ。乙部と綾女殿かァ……そんなことじゃねェかと思ってたんだよ。参ったなァ）

綾女がいつ頃、隠密として乙部の配下になったのか知らないが、少なくとも二人の付き合いは十数年に及ぶはずだ。男女がそれだけ長く一緒にいれば「なるようになる」ということだろう。むしろその間に、たった一晩だけ閨《ねや》を共にしたからといって舞い上がり、やれ「側室だ」「愛人だ」と騒いだ自分の行動が恥ずかしい。青臭い。大人げない。

（ええ歳して、まるでガキだがね。綾女殿は、大して好きでもねェ俺から「側室に」と乞われて、さぞ当惑されたのであろうな。ふん、遊び慣れていない田舎者丸出しだわ）

現に茂兵衛は、今までに綾女から二度袖にされている。最初は元亀元年（一五七〇）の秋、小頭《こがしら》に昇進した勢いをかって求婚し、はっきりと断られた。二度目は天正十年（一五八二）の春、本能寺《ほんのうじ》の変があった年だ。この江尻城内で初めて綾女と結ばれ、やはりその場の勢いで「側室になってくれ」と申し込み、これも明確に拒絶されてしまった。

（でもよォ。綾女殿が俺の寝所に忍んできたのは事実だわなァ）

天正十年のあの夜は、むしろ綾女の方が積極的だったのだ。

（あれは、なんだったんだら？　へへへ、ほんの少しばかり、俺に気があったのかなァ）

茂兵衛の心に、若干の光明が差し込んだ。

（ま、自惚《うぬぼ》れるのはよそう。女子《おなご》には、どうしても男が欲しい夜があるって寿美がゆうてたからなァ。綾女殿も偶《たま》さか、そうゆう夜だったんだろうさ。つまり、誰でもよかったんだわ）

なにか慰み者にでもされたようで、惨めだった。

（端から脈はねェんだわ）

茂兵衛は、自分の言葉に幾度か頷いた。事情の分からない乙部が、困惑した様子で眺めている。

（もう、綾女殿を想うのもええ加減にせんと。三度目やらかしたら本物のたァけだからなァ……や、二度でも相当なたァけだわ）

と、自らを戒《いまし》めた。

午後からは雨になった。

天正十八年（一五九〇）の九月二十八日は、新暦に直せば十月の二十六日だ。もう秋雨の季節は過ぎている。大した降りにはなるまい。今夜一晩はこの屋敷に泊まらせてもらうが、明朝は綾女に会って、儀礼的に御礼の言葉を伝え、進物品を渡し、その後は、さっさと寿美と綾乃の元へ帰ろう。自分にはそれが一番だ。

そう思いなして床に就いたが、百に一つ、綾女がまた忍んで来てくれるのではないか、襖《ふすま》の陰で寝所の様子を窺っているのではないか、と思うと目が冴えてまったく眠れない。

雨は夜更け過ぎに止んだが、今夜は明けの三日月で、夜を通してほとんど月がない。雨音もせず、秋の虫もすでに鳴かない。暗く静かな夜であった。

（考え過ぎだァ。誰も来やしねェさ。綾女殿は、乙部と出来とるんだわ。夫婦同然なんだ。むしろ忍んで来る方がビックリだがね。不貞だがね。あほらしい。寝

よう、寝よう）

と、寝返りを打ったのだが、静寂《しじま》の中、様々な想念が脳裏を過《よぎ》る。

（でもよォ。もし綾女殿が来てくれて、俺が高鼾《たかいびき》だったら、ガッカリするだろうからなァ。眠らねェようにしなきゃなァ）

天井裏を鼠《ねずみ》が走っても、廊下の床板が軋《きし》んでも、茂兵衛は目を見開き、身を硬くし、女の気配を窺った。

（来ねェのか？　来ねェだろうなァ。来るわきゃねェよなァ。でも、万が一とゆうこともあるからなァ）

そうこうするうちに、東の空が白々と明るくなってきて、ついに一番鶏が時をつくった。

コッケコッコ――――。

（糞ッ。本当に来やがらねェ。まったく、一睡もできなかったじゃねェか。俺ァ正真正銘のたァけだわ。手前《てめ》ェに愛想が尽きるわ）

ブツブツ言いながら床の上に起き上がり、大きく伸びをした。

眠たい目を擦りながら、三十郎に進物品を持たせて江尻城の本丸へと向かうことになった。ただ、乙部は一緒に来ようとはしなかった。

「ワシがおらん方が話し易いだろ。二人でしっぽり話せや。一度は乳繰り合った仲だら?」

「た、たァけ」

赤面しながら乙部と別れ、隠密屋敷の門を出た。

五

江尻城では、本丸御殿の書院に通され、秋の庭を眺めながら、一人でしばらく待った。やがて広縁に気配がして、綾女が、地味だが重厚な打掛姿で、侍女一人をともない現れた。いかにも、城の奥向きを司る老女の風情である。

「これはこれは茂兵衛様、ようおいで下さいました」

と、書院に入る直前で足を止め、微笑みかけた。ただ、幾分取り繕った他人行儀な声である。草薙の古刹《こさつ》で言葉を交わした時の声とは違う、ましてや、閨での囁きとは別人だ。お城の御殿で「田鶴局」として振る舞うときの声なのだろうと勝手に想像した。

「田鶴局様、植田茂兵衛、本日は義弟辰蔵の御礼に参上仕りました」

身を硬くしながら一礼した。

「いえいえ、なにも致しておりません」

型通りの社交辞令が交わされたが、その後は辰蔵の容態、天正壬午《てんしょうじんご》の乱の際の話題なども出て、少しは場も和《なご》んだ。茂兵衛の緊張もだいぶ解《ほぐ》れた。

「茂兵衛様、お庭に出てみませんか？　今年も菊の花が見事に咲きましたのよ」

会話が途切れ、いくばくかの気まずさが漂ったとき、綾女が提案した。

「是非拝見したいものですな」

菊に限らず、無骨な茂兵衛は花になど興味はない。ただ、外の空気を吸いたくなり、即座に同意した。

江尻城は海辺の小城だが、庭は大層手入れが行き届いていた。城主武田信吉はまだ幼く、この城の差配は、家老である有泉大学助が司っている。ただ、旧知の茂兵衛が知る限り、有泉はさほどに自己主張が強い方ではない。事実上の城主は、武田信玄の次女でもある見性院なのではあるまいか。城の庭の手入れが行き届いているのは当然であろう。見性院付の老女として、最側近の立場にいる綾女が、実務を取り仕切っているものと思われた。

菊は確かに美しかったが、茂兵衛はもちろん、綾女の方でも「是非、菊を見せたい」というほどの思い入れはなさそうだった。

「東屋でお話し致しましょう」

綾女が侍女に目配せすると、若い侍女は池の畔《ほとり》に控え、綾女と茂兵衛は二人きりで、東屋へと続く築山の緩い坂道を上った。

六畳ほどの吹き曝《ふさら》しの東屋であった。腰掛に少し間隔を置いて座り、眼下の池を眺めた。

「それがしには風流など分かりかねまするが、趣《おもむき》のあるお庭でござるなァ」

「主人、見性院が、躑躅ヶ崎館《つつじさきやかた》の庭を懐かしがられ、甲府《こうふ》から職人を呼び寄せ、造営させました」

「ほう、甲府から」

「はい、甲府から」

話はそれで途切れた。茂兵衛としては、なにか喋らねばと焦るのだが、こんなときに限って、戦場の話や遊女と遊んだ話しか浮かんでこない。

「い、磯の香りがしますね」

「海から四半里（約一キロ）ほどしか離れておりませんから」

特に、朝のこの時間は、海から陸に向かって風が吹く。その風に、潮の香りが漂ってくるようだ。

「なるほど、四半里ですか」

「はい四半里です」

また話が途切れた。第三者である若い侍女がいたときの方がまだ話が弾んだ。二人きりだと、どうも気詰まりでいけない。

「あの……」

茂兵衛は思い切って、松之助の話をしてみた。

綾女は少し俯《うつむ》いたが、すぐに顔を上げ、話を聞こうとした。松之助は、紛《まご》うことなき茂兵衛と綾女の倅なのだ。父からも母からも離れて暮らしているが、綾女が息子のことをどう思っているのか、心を痛めているのではないか、一度訊いてみたかったのだ。

「どうって……困りましたね」

「もちろん、今は幸せに暮らしております。御懸念は無用にござる。辰蔵とタキの夫婦は、松之助を本当の倅として愛しんでくれているし、それがしも及ばずながら、伯父として松之助を見守れまする。ただ、貴女はそれができないから……」

「……酷い母親ね」

「や、や、決して、決してそうゆう意味ではござらん」

茂兵衛は慌てた。明らかに失言だ。綾女を責めているようにも聞こえる。

「今でこそ、こうして無理に賢《さかし》がってはいるけれど、御存知のように、元々私は凡庸な、つまらない女でございます」

「そんなことはない」

「いえいえ」

綾女は微笑んで、首を振った。

「真に賢い女は、敵の足軽から手籠めにされたり、隠密に身を堕としたりは致しませんもの」

「あ……」

十六年前の天正二年（一五七四）、武田勝頼《かつより》は浜松城下を焼いた。劫火の中で、綾女は数名の敵足軽に犯されたのだ。仇《かたき》は駆けつけた茂兵衛が討ったが、綾女はその場から姿を消した。次に会ったときには、もう乙部の下で隠密として働いていたのだ。

「だから、というわけではないけれど……なんでも乙部様の言われる通りにして参りました。乙部様と私のことは、もう御存知でしょ？」

綾女が引き攣《つ》ったような表情で茂兵衛を窺った。

「ま、朧《おぼろ》げには……無論、それがしがどうこう言える筋合いではないと弁《わきま》えております」

「一人で生きていけるほど、強い女子ではございませんでした」

「こんな御時勢では無理もない。それがしは、貴女を責めない」

「……ありがとう」

キイキイキイ。キイキイ。

姿は見えないが、どこかの梢で百舌鳥《もず》が高鳴きを始めた。この季節に姿を現し、春先までいる冬鳥だ。

「訊いておきたいことがあるのですが」

と、茂兵衛が切り出すと、綾女は顔を上げた。しばらく間をおいてから、茂兵衛は綾女に尋ねた。

「乙部八兵衛は、貴女に誠実ですか？」

「ああ、茂兵衛様ったら……」

綾女が苦く笑った。

「乙部様も私も隠密ですよ。隠密に誠実を求めるのは、馬に空を飛べと求めるのと同じにございましょう」

「では言葉を変えましょう。八兵衛は貴女に優しいですか？」

「もし、優しくないと申し上げたらどうされます？」

探るような目で覗き込んできた。

「優しく接するように説諭します。もし、無理だとゆうなら殺します」

「……怖い」

綾女は俯き、押し黙ってしまった。

（こら茂兵衛、女の前で「殺す」とかゆうな。もう少し穏やかに「殴る」とか「蹴る」とか……そ、それも乱暴か？）

「乙部様は、あれでなかなか賢いお方だから……」

「それは違う」

茂兵衛が綾女の言葉を制した。

「奴は、狡賢《ずるがしこ》いんですわ」

「そうですね。確かに狡賢いお方です」

「確かに」

二人、目を見合わせて吹き出した。少し空気が和んだ。

七年前、穴山梅雪の養女で、家康の側室となっていた於都摩《おつま》が、家康の五男を産んだとき、綾女もまた茂兵衛の子を産んだのだ。このとき、乙部は閃《ひらめ》いたという。

「茂兵衛もおまんも、徳川家も穴山家も、当然ワシ自身も……誰もが幸せになる、妙案だがね」

そう乙部は、出産後間もない綾女に耳打ちしたそうな。

乙部の妙案とは——まず綾女から乳飲み子を取り上げ、茂兵衛の妹夫婦に預け、育てさせる。これで茂兵衛は本妻に浮気が露見せずに大喜び。子のない妹夫婦は跡取り息子ができて万々歳。

次に、綾女は乳が張っているから、家康の五男の乳母に起用し、乳を含ませる。幼子に乳首を噛まれれば、子を取り上げられた綾女の悲しみなど雲散霧消《うんさんむしょう》するはずだ。これで家康の五男と綾女も大満足。

さらに、当時すでに梅雪は亡くなっていたから、穴山家の実権は、しっかり者で信玄の次女でもある見性院が握るだろう。綾女は見性院の最側近で、甲府からの逃亡などで幾度か共に死線を越えた同志だ。今は姉妹のような関係性である。

乙部の配下で、愛人でもある綾女が、一方で見性院の最側近、一方で家康の倅の乳母となれば、最早、穴山家は乙部の思うがままで――

「あくどい野郎だァ」

茂兵衛が小声で吼《ほ》えた。本気で吼えると、池の畔で控えている若い侍女を怯えさせてしまう。

「確かにあの人は性質《たち》が悪い。乙部様には、人の真心が薄いのです」

「ほうだがや。やっぱ俺ァ野郎を殺すわ」

と、義憤に駆られた茂兵衛が立ち上がろうとするのを綾女が止めた。

「お待ち下さい」

「綾女殿には悪いが、あんな野郎を生かしておいたら、世のため人のためにならねェ」

「でも、他の見方もございます」

綾女の嫋《たお》やかな指が、茂兵衛の体を押し止めた。八年前、同じ指が茂兵衛の体をまさぐったのだ。その時の甘美な記憶が、乙部への怒りを曖昧にした。

「ほ、他の見方ってなんです？」

「茂兵衛様は、鬼手仏心とゆう言葉を御存知ですか？」

「きしゅぶっしん？　や、知らんが」

「表面上の行いは残酷なように見えても、事実として慈悲深い心を持って人を助けるという喩えにございます」

「乙部の野郎がそうだとゆうのですか？」

「違いましょうか？」

　と言って、茂兵衛をジッと見上げた。歳はとったが、やはり綾女は美しい。

「少なくとも乙部様の策に乗った私は幸せです。信吉公は大層な甘えん坊で、今も時折、私の膝に座って下さいます。私も信吉公を、まるで我が子のように思っております」

　松之助を預ける先が、辰蔵夫婦だと聞いて綾女は安堵したという。辰蔵が思慮深い性質であることは、若い頃からよく知っている。

「隠密の伝手《つて》を使い、しばらくは松之助の様子を見守っていたのですが、今ではそれも止めました。もう松之助は辰蔵様ご夫婦のお子になり切っているのですから、私が口を挟む余地はないと……茂兵衛様はいかが？　乙部様の策に乗って、酷い目に遭われましたか？」

「そりゃ、幾らもありますよ」

「たとえば？」

「あれとか、これとか……色々とね」

とは言い返したものの、考えれば、自分の方もすべて上手くいっている。実に口惜しいが、乙部の策に乗ったせいで、なにか悲劇が起こったというようなことは見当たらない。思いつかない。おおむね、茂兵衛の周辺では平和が保たれていた。

（そお言えば、辰の野郎も、昔は乙部のことを毛嫌いしてたが、最近では感謝しているなんぞと口走っておったなァ）

「ま、乙部八兵衛、唾棄すべき悪党だが、奴の策に乗れば、結果として誰もが上手くいく。幸せになれる。つまり、そうゆうことなのですね」

「はい、そう思いまする」

綾女は苦く笑って頷いた。

「二人の今後」を話し合うことはなかった。

三百人の配下を率い、百挺の鉄砲隊を指揮する茂兵衛には、良い妻と可愛い娘がおり、江戸に向かえば三千石の領主としての暮らしが待っている。一方の綾女は、家康の倅の乳母で、武田宗家の事実上の支配者である見性院の最側近としての立場がある。

もう、落城した曳馬城《ひくまじょう》の蔵で、攻城側の足軽と城主夫人の侍女として相まみえた頃とは違うのだ。茂兵衛には茂兵衛の、綾女には綾女の人生があり、大きな責任がある。

(このままだわ。もうどうしようもないさ。綾女殿とのことは、若い頃のええ思い出……そう考えるしかねェわなァ)

たぶん、綾女も同じことを考えているのだろうと思いなして、東屋の腰掛から立ち上がろうとした茂兵衛を綾女が止めた。

「ただ一点だけ、どうしても申しておきたいことがございます」

「はい?」

「なにせ薄汚れた隠密稼業、女を利用して、役目を果たすこともございました」

(なぜそんな話を俺にする? 喜ぶとでも思っとるのかい!)

茂兵衛は、唇を噛んだが、綾女は委細構わずに話し続けた。

「数多《あまた》の殿方と閨を共にしました。前の夫、今は乙部様とも枕を交わしますが、ただの一度も懐妊したことがございません。自分は『産まず女《め》』と決めてかかっておりましたところ……茂兵衛様の種を宿しました」

「そ、それが松之助だがね」

「私は、植田茂兵衛と出会ったこと、抱かれたこと、松之助を産んだことをまったく後悔しておりません。むしろ惨めな己が人生の輝きと思うておりまする」

ここで綾女は涙を拭った。

「そのことだけ、忘れないでいて下さいまし」

綾女は腰掛から立ち上がり、背筋をピンと伸ばすと、茂兵衛に軽く会釈して、一人東屋を出て行った。

第二章　茂兵衛、江戸《えど》を歩く

一

天正《てんしょう》十九年（一五九一）正月、江戸の屋敷が八割方完成し、一応は「もう住める」との連絡が、江戸に駐在する家宰の鎌田吉次から入った。

茂兵衛一家は、辰蔵一家、丑松一家と共に駿府《すんぷ》を発《た》ち、東海道《とうかいどう》を東へと下った。茂兵衛も今や二千四百石の領主である。武士だけでも六十人、下僕や女奉公人を加えれば百人近くの大所帯だ。辰蔵家と丑松家もそれぞれ十人ずつだから、総勢百二十人の大引越しとなった。江戸に移れば、さらに茂兵衛は六百石、辰蔵には二百石の加増が待っている。

丑松、辰蔵と三人轡《くつわ》を並べて馬を進めた。

病後の辰蔵こそ、伊賀袴に羽織、菅笠《すげがさ》を被った旅装だが、茂兵衛と丑松は、具足を着用している。兜《かぶと》を被り面頰《めんぼお》を着ければ、今すぐにも戦場《いくさば》に立てる軍装だ。

全行程の六割七割は、半年前まで北条領だった土地を進む。いつ何時、北条家残党による襲撃を受けないとも限らない。待ち伏せ、奇襲には、辰蔵の件で懲《こ》りていた。後に続く家臣たちの多くも、甲冑《かっちゅう》を身に着けていた。

「どうだら？　辛くはねェか？　長旅に耐えられそうか？」

「茂兵衛、やめてくれ。大丈夫だがね。いつまでも病人扱いするな」

鞍上《あんじょう》で辰蔵が目を剝《む》いた。

辰蔵が左腕を失ってから半年が経つ。その間、茂兵衛は妹のタキに命じ、嫌がる辰蔵に強《し》いて熊胆《ゆうたん》を飲ませ続けてきたのだ。当初は「苦い」と不満顔だった辰蔵も、一ヶ月ほどで効果が出ると、現金なもので積極的に服用し始めた。食欲は出るし、体力もついてくる。気をよくした辰蔵は、自ら体を動かすようになった。徒歩で、あるいは騎馬で、若い従僕一人を連れて毎日朝から、駿府城外の野山を歩いてきた。真っ黒に日焼けした辰蔵にとって、病人扱いなど、確かに要らぬ世話なのかも知れない。

駿府を出て、一日をかけて二里半（約十キロ）と少しを歩き、その日の夕方には、江尻城《えじりじょう》の土塁が見えてきた。今宵はこの城で一泊する。

三ヶ月前に訪れたときには、引越し支度の最中で大童《おおわらわ》だったが、今はもう、あらかた江戸へと旅立っており、城内は閑散としていた。田鶴局こと綾女も、城主武田信吉共々、昨年の内に江戸へと発ったそうで、寿美を同道している茂兵衛は安堵に胸を撫でおろした。

「あら残念。田鶴局様に御挨拶したかったのに」

茂兵衛夫婦に宿舎として宛がわれた書院に落ち着き、寿美が溜息混じりに言った。義弟が世話になった田鶴局に会って、礼を言いたかったらしい。

「ざ、残念だったなァ」

正妻と愛人が対面する光景が脳裏に浮かび、茂兵衛の背筋を冷や汗が流れ落ちた。

「ま、江戸でお訪ねすればいいわね。貴方、武田公のお屋敷がどこか調べておいて下さいね」

(こいつ、本気で会いに行くつもりだわ。ど～する、俺?)

「そ、そりゃええが……」

不覚にも、声が裏返った──冷静に、冷静に。

「一応、俺が挨拶はしといたから、もう、ええのではないかなァ。引越しで先様も忙しいだろうから」

「そうは参りません。女同士の付き合いとゆうものがございます」

「どうしても会うのか？」

「もちろんですわ。なにかございますの？」

怪訝《けげん》な顔をして茂兵衛を見ている。藪蛇になったら大変だ。

「や、別に……」

と、茂兵衛がションボリと肩を落とした。広縁で、綾乃の相手をしながら聞き耳を立てていた辰蔵が、右掌で上から下へと、顔をペロンと撫でたのが目に入った。

翌日は少し頑張って四里（約十六キロ）を進み、富士川《ふじがわ》の手前にある蒲原宿《かんばらじゆく》に泊まることを目標に歩いた。

「さあ、しっかり歩け！　先は長いぞ！」

と、鞍上から檄《げき》を飛ばしたのだが、「へ〜い……」と疎《まば》らな、気の抜けたような返事が戻ってくるだけだ。

いつも数百人の屈強な足軽たちを率いて行軍する茂兵衛だが、今回は女子供や老人が交じっており趣《おもむき》を異としていた。ま、勝手が違うということだ。

「こら、小六ッ！　おまん、なにをしとるんだら？」

「なにって……見ての通りですがね」

小六は馬から下り、徒歩で、背中には綾乃をおんぶしている。その背後には松之助が小六の馬の轡をとり、ニコニコしながらついてきている。

「綾乃が、おんぶしろってゆうから」

「歩くの疲れたの」

小六の背で綾乃が、首を傾《かし》げて微笑《ほほえ》んだ。

「歩くって……母上の輿《こし》に乗ればええではねェか」

寿美は一応「古株の足軽大将の奥方様」だから、輿に乗っての旅となる。タキと丑松の女房の弥栄《やえ》は、本来ならば歩くか、馬に乗っての移動となるところだが、寿美が「自分一人だけが輿に乗るのはどうしても嫌」とごねるから、茂兵衛が銭を出して、女性用の輿を三基も並べている。

(女輿が三基の行列って……どこのお大名やら)

金を出す方の茂兵衛としては内心で不満タラタラなのだが、奥方様には逆らえない。寿美は寿美で、親族内の女同士、付き合いの難しさもあるのだろう。善四郎の女房は名門大給《おぎゅう》松平の出身ということもあって、気位が高く、気も強い。京《きょう》で御所勤めをしていた左馬之助《さまのすけ》の女房は抜け目がない。そんな厄介そうな相手も含めて、寿美は茂兵衛一族の女たちをよく纏《まと》めていた。朗らかによく笑い、それでいて気働きができる。家のことは寿美に任せておけば心配は要らない。

綾乃は当初、母親の輿に同乗していたが、それに飽き、やがて輿を出て皆と一緒に歩くようになった。疲れると、ちゃっかり富士之介や三十郎の馬に乗せてもらったり、こうして小六に背負ってもらったりしている。飛びきりの美少女からニッコリ微笑まれ、頼みごとをされると、老いも若きも、男は誰も脂下《やにさ》がり「えぇですよ」とつい頷いてしまうようだ。

「あまり殿方に愛想のええ娘は、女の仲間から好かれませんからね……綾乃、少し心配なんですよ」

と、常々寿美は、我が娘の将来を案じている。

「そんなことより小六、おまんの馬は軍馬だわ。松之助に轡なんぞとらせて大丈夫か？　馬が暴れたら危なくはねェのか？」

「大丈夫ですよ。軍馬といっても年寄り馬だし、松之助は馬の扱いに慣れてる。大体、いつも伯父上は松之助に甘過ぎますよ」

「そ、そ、そんなことあるかいッ」

動揺し大声で否定した後、慌てて後方の寿美の輿を窺った。一応、輿の御簾《みす》は下りており、異変は感じられない。

「な、綾乃」

小六が背中の従妹《いとこ》に訊いた。

「な〜にィ？」

背中から綾乃が、とびきりの甘い声で返事をした。こうゆうところが魔性の女風なのだ。本当に将来が心配だ。

「松之助は、伯父上から殴られたことがあるかな？」

「伯父上って、もへえのことォ？」

「そうそう」

（なにが「そうそう」だら。俺が呼び捨てにされてるんだから、訂正ぐらいせんかいな）

「う〜んとね……たぶんない」

「怒鳴られたことは？」

「それもない。ね、松之助様、ないよね？」

と、背後を歩く松之助に、首を回して質《ただ》した。これまた、蕩《とろ》けるように甘い声だ。

「うん、ないよ。伯父上はお優しいから」

「ほら……」

と、小六が勝ち誇ったように茂兵衛を見た。

「私なんぞ、怒鳴られるわ、殴られるわ、蹴られるわ……」

「ええッ。兄《あに》ィ、それはちいとやり過ぎではねェのか？」

茂兵衛が松之助に甘い以上に、長男の小六を溺愛している丑松が、恨みがましく兄を睨んだ。

「たァけ。おまんは口を出すな。小六は俺の配下だから叱るんだわ。役目の内だがね」

丑松に言い訳した後、小六に向き直った。あちこちと忙しい。

「おい小六、おまん、それは鉄砲隊に入ってからのことだら。ガキの頃は大層可愛がってやったろうが。手を上げたことなんぞ、一度もないはずだわ」

「や、鉄砲隊に入る前から、拳固で殴られとりましたわ。伯父上の可愛がるには、殴る蹴るが含まれとりますからなァ、ハハハ」

「そ、そんな、おま……人聞きの悪い」

辰蔵と目が合ったが、義弟からは「俺を頼るな」と言うかのように、露骨に視線を逸らされた。

正直言って、茂兵衛が小六を殴っていたのは事実だ。小六は幼い頃から伯父の広い屋敷の庭で、木に昇ったり、虫を採ったりしてよく遊んでいた。悪戯《いたずら》も酷く、目に余ると、茂兵衛は容赦なく拳固をふるった。二度か三度か……四度か五度ぐらいは殴ったかも知れない。一方、松之助は穏やかな性格で、いつもニコニコと機嫌がよく、悪戯など滅多にしない。それでいて小六の三倍ほども賢いのだ。茂兵衛としては、隠し子云々を別にしても、そもそも松之助には殴るべき理由がなかった次第だ。

（ただよォ、同じ甥の立場としてよォ、小六は手前《てめ》ェと松之助の待遇の差みてェなもんに不満を囲っていたのだろうなァ。可哀そうなことしたなァ）

だからと言って、なにかを変える気にはなっていない。小六も松之助も、待遇はこれまでのままだ。

「ハハハ、もへえ、乱暴者」

小六の背中で綾乃がさも楽しそうに笑った。

今回、小六が茂兵衛に反抗的なのには理由があった。

茂兵衛家には娘一人、辰蔵家には男児が一人、丑松の家は子沢山で、長男の小六を含めて兄弟姉妹が都合六人もいる。男三人の女が三人だ。本当は小六の上に、前夫の娘が一人いるのだが、今はもう本多家の同僚の家に嫁いでいる。現在同道している子供は合わせて七人だ。幼い子供の世話は、すべて年長者の小六に押しつけることにしたのだが、当初彼は不満を口にした。

「なんで私が、ガキ共の面倒を？」

出発前、小六は茂兵衛に対し、露骨に嫌な顔をした。軍務の話ではない、親戚同士の会話だから、軍紀違反までは問わない。正しく「お頭」と呼ばずに「伯父上」などと呼ぶのも、今回の旅の間は大目に見よう。ただ、腹は立つ。

「たァけ。湿気《しけ》た面《つら》ァするな！」

ペチン。

小六の月代《さかやき》のあたりを指で弾いた。

「痛《いて》ェ……」

「七人いるうちの四人までは、おまんの妹と弟ではねェか。ついでに綾乃と松之助の面倒も見ろとゆうとるだけだがね」

「や、私にも色々と用事がございますので」

「ほお、用事だと？」

茂兵衛が半笑いになって、小六の顔を覗き込んだ。

「おい、知っとるぞ。おまん、うちの於妙《おたえ》を狙っとるんだろ？」

「ま、まさかァ」

見る間に、熟した南天のように顔が赤くなった。図星である証だ。

最近、小六が俯《うつむ》きがちにチラチラと寿美を窺っているのを見て、最初は「この野郎、まさか寿美に気があるのか！」と警戒したものだ。しかし、その後、小六が三十郎に、いつも寿美に付き従っている侍女の名を質したことを聞き「ああ、そうゆうことか」と茂兵衛なりに察しがついた。

於妙は、寿美付の侍女である。茂兵衛の故郷植田村の農家の娘で、美貌かつ頭がいい。無口な性質《たち》だが、性格は悪くない。天正十九年（一五九一）の正月で十七歳になった。小六の二つ下だから釣り合いもいい。

「おまんら、もう恋仲なのか？」

「全然、あまり話したこともございません」

（なんだよ。女に奥手なとこは、植田家の男の通弊だわなァ）

「あれは植田村で二番目か三番目の大百姓の娘だがや。身分は農民でも、物持ちの家の子だがね。惚れるのはええが、ちゃんとせえよ」

「ちゃんとせえ、とは？」

「人を立てて正式に求婚するとかさ。犬や猫のように、その辺でまぐわいでもしやがったら、おまん……」

と、握った拳を小六の目の前に突き出した。

「わ、分かりました。か、か、軽はずみな行動は慎みまする」

完全に怯えている。茂兵衛の拳固の痛さは子供の頃から骨身に沁みているはずだ。これで大丈夫だろう。

「なんならよォ。俺がそれとなく於妙に訊いてやってもええぞ」

「訊くって、なにを？」

目が険しくなった。警戒している。

「や、於妙に『小六はどうか』と訊いてやってもええぞ」

「それだけは止めて下さい」

　恋する青年が必死に止めた。

「なんで？」

「伯父上が間に入って、俺と於妙殿の仲が上手くいくとは到底思えません。むしろ台無しになるような」

「馬鹿にするなよ」

　と、睨みつけたが、甥の言いたいことも理解できる。立場が逆だったら、茂兵衛自身も「茂兵衛に、女との仲介役」は頼まない。

「頼るなら、寿美伯母様にお願いしますよ。だって、その方がいいもの」

「ふん」

　於妙は寿美の侍女だ。寿美に話を通すのが筋ではある。

「分かった。於妙と寿美に文句がねェなら、俺も交際に反対はしねェ。その代わり、今はガキ共の面倒を見ろや。それが筋ってもんだろうが」

「はあ……」

　と、小六が不承不承に頷いた。

　小六の反抗的な態度の背景には、そういう経緯があった次第だ。

二

旅は七日目に入り、いよいよ箱根《はこね》越えである。厳冬期の箱根は雪も多く、道は凍りつく。女子供連れの茂兵衛一行には、若干難易度が高かった。

そこで箱根越えは諦め、北条氏規を韮山《にらやま》から小田原《おだわら》まで送るときに、途中から使った道を進むことにした。

箱根の山中城《やまなかじよう》（あの後、廃城となったらしい）を通り、辰蔵や小六と激戦を偲《しの》びたかったのだが我儘《わがまま》は言えない。箱根よりは随分南の道だし、標高も百丈（約三百メートル）ほど低く、雪や寒さはだいぶ楽になる。

三島《みしま》から東方向に進んで伊豆《いず》の山に上り、口金山《くちかねやま》とか丸山《まるやま》とか呼ばれる景色の良い峠（現在の十国《じつこく》峠）を越え、相模湾《さがみわん》側に下り、伊豆山権現に至った。

子供たちは「親戚合同の大旅行」を楽しんでいるように見えた。特に相模湾に下りて以降、これから先はもう苦しい山越えはないと聞かされて、大いに盛り上がってしまった。

女性や年寄りの足に合わせて、ゆっくりと進む行列の間を、子供たちが歓声を上げながら走り回っている。長閑《のどか》な光景ではあるが、荷物を抱えて歩く奉公人たちは、さぞ迷惑しているのではないかと、茂兵衛などはハラハラした。

「わ〜い、ハハハハ」

「キャキャキャキャキャ」

実にかまびすしい。

(小六の野郎……あれほどゆうたのに、ガキ共を放し飼いにしとるやないか)

と、役目を放棄しているに違いない甥を、仁王の鞍上から捜した。

小六は、行列の中ほどにいた。寿美の輿に並んで馬を進め、盛んに輿の中と言葉を交わしている。退屈している寿美の話し相手になってくれているのだ。それはそれでありがたいのだが、時折、輿の後方を見て、市女笠《いちめがさ》を被り俯きがちに歩く於妙に話しかけようと必死になっているのがいただけない。

(へへへ、駄目だありゃ……於妙が迷惑そうにしとるわ。小六のたァけが、女心とゆうものを知らん。まだまだ若いなァ、ハハハ……ん⁉)

見れば、市女笠の縁を持ち上げて顔を上げた於妙が、小六に艶《あで》やかな笑顔を向けている。

(あれ？ 笑ってやがる。於妙の笑顔なんぞ、初めて見たがね)

無口で控えめな娘だとばかり思っていたが、なかなか明るく、快活そうな笑顔である。健康美とでも言おうか——確かに、小六でなくともこの笑顔になら、魅せられるだろう。

（待てよ……綾乃のように、男なら誰にでも笑顔を振りまく愛想のええ女子《おなご》とは違い、於妙は普段なかなか笑顔を見せねェ気真面目な娘だ。それが小六にだけ、あんなとびきりの笑顔を見せるってことは……おいおいおい、まさか小六のことを、憎からず思っているということではあるめえなァ）

茂兵衛は、しばし瞑目して考えてみた。容姿に優れた於妙と釣り合うほどの美男とは言えない。顔も目も鼻も、なんとなく丸っこい。父親の丑松に似たのだろう。ただ、どこかに惚《とぼ》けた味がある。人柄の良さが滲み出ている吉相の顔だ。

（それに、野郎は能天気で明るいからなァ。冗談を言って、皆を笑わせるのも上手いもんだわ）

茂兵衛は周囲の男たちと小六を比較してみた。善四郎、左馬之助、辰蔵は、そもそも冗談を言わない。茂兵衛はよく冗談を言うが、笑いを取れるのは三度に一度程度で、残りの二度は顰蹙《ひんしゅく》を買う場合が多い。

（ま、俺の冗談は品がねェからなァ。女や真面目な奴らは嫌な顔をするわなァ）

大体、茂兵衛の冗談は「びち糞」とか「尻の穴《ケツ》」とかを多用するからいけないのだ。語彙に品性が感じられないのだろう。
一方で、弟の丑松の周囲には笑いが絶えないが、あれは丑松が「笑わせてい
る」のではなく「笑われている」に過ぎない。笑いは笑いでも「失笑」とか「苦
笑」とか「嘲笑」の類《たぐい》かと思われた。
（その点、小六は上手い冗談を言って、寿美や綾乃をよう笑わせとるなァ）
なにせ時代は惣無事令だ。戦《いくさ》のない世になる。戦の毎《ごと》に首級を腰にぶら下げて
帰る寡黙で強面《こわもて》の亭主より、面白い冗談を言って愉快に暮らせる亭主の方が、女
受けするのかも知れない。
ブヒッ。
仁王が首を振り、鼻を鳴らした。
「どうした？　時代が移ろっていくのが寂しいか？」
茂兵衛は、愛馬の首筋を優しく撫でた。
「案ずるな。戦がない世になっても、おまんと俺はいつも一緒だがね。江戸の町
を共に歩こうや」
そう言って顔を上げ、前を向いた。

茂兵衛一行は、小田原城に一泊した。

この城は秀吉からの指示もあり、大久保忠世《おおくぼただよ》が足柄上郡と下郡を合わせて百四十七ヶ村の四万石の城主となった。忠世は今年還暦である。若い頃は団栗眼《どんぐりまなこ》が目立ったが、その丸く大きな目は縮こまり、だいぶ小ぶりになった。団栗眼も加齢には勝てないようだ。

「茂兵衛、どうだら？　へへ、四万石だわ」

「おめでとうございまする」

小田原城の本丸御殿で、忠世に向かい平伏した。

「大名にはなったが、ど〜も、体がゆうことを聞かんがね」

目が小さくなっただけではない。なんと言おうか、体全体に張りがなくなった。

「どこかお悪いのですか？」

「薬師《くすし》はどこが悪いとは言わんが、もう少し食えとゆうな」

「ほおほお」

忠世は大変な節約家で、四日に一日は完全に食を抜いた。そのせいか、若い頃

は肥えることもなく壮健に過ごせたのだが、ここにきてグンと衰えた。おおむね長生き
「もう少し魚や肉を食われてはいかが？　獣の肉を食う猟師は、おおむね長生き
と伺っておりまする」

「今さらなァ」

「四万石なら、もう節約は要らんでしょう」

「たァけ。殿様は二百五十万石でも、吝《けち》のまんまだがね」

家康は大封を得たが、十万石以上を与えたのは平八郎、榊原康政、井伊直政《いいなおまさ》の三人のみだ。茂兵衛自身も、当初平八郎は一万石を要求してくれたそうだが、五千石に値切られ、最終的には三千石に落ち着いた。

「ならば七郎右衛門《しちろうえもん》様、これをお試しになられては……」

と、茂兵衛が己が懐をまさぐり始めると、忠世の顔色が変わった。

「おい、熊《くま》の胆《い》なら飲まんぞ」

「え、なぜ？」

「あれは……苦いがね」

「童のようなことをゆうてはなりませぬ。なにしろ精がつきもうす」

やっと探り当て、錦の小袋にいれた熊胆の塊を差し出した。

「女房子供にも、そんなものを飲ませるのか？」

「家族は……飲みません」

「なぜ？」

「に、苦いから」

「たァけ、女房子供すら逃げ出すものを、ワシに飲ませる気か」

「それは……」

思わず困惑顔になった。熊胆が苦いのは仕方がない。良薬は口に苦しと言うではないか。

「ま、せっかくだから飲んでやるわい。ほれ、貸せ」

と言って、忠世は手を差し出した。

「なあ、茂兵衛よ」

しばらく掌の熊の胆を眺めていた忠世が、声を潜めた。

「ワシもそうそう長くは生きられん。ワシの後は嫡男の忠隣《ただちか》が大久保党を継ぐのが筋だわなァ。おまん、忠隣をどう見る？」

忠隣のことは昔からよく知っている。正直で明るい。誰もが彼を好いている。

その旨を率直に伝えると、忠世は苦渋の表情を浮かべた。

「誰からも好かれるええ奴か……ちとええ奴が過ぎてはおらんかなァ」

「どうゆうことです？」

「ええ奴の周囲には、ええ奴ばかりが集まってくるとは限らん」

狡猾な者や悪人から見れば、好人物は御し易く扱い易いと見えるものと、忠世は案じているようだ。

「徳川家も大久保党も大きくなった。いずれ忠隣も要職につくだろうよ。その場合、悪い奴らにつけ込まれて、墓穴を掘らんか心配でなァ」

「忠佐《ただすけ》様や彦左《ひこざ》が支えるでしょう」

「あの二人も、結構なええ奴だからのう」

忠世が嘆息を漏らした。茂兵衛は返答できずに、黙って俯いた。

忠佐も彦左も武人としては一級品だが、御殿で器用に立ち回る性質ではない。

「茂兵衛、忠隣と大久保党を頼む……おまんとワシは色々とあったが、上役に媚《こ》びへつらわねェおまんを、実は高く買っておったのよ。頼むぜ、茂兵衛よ」

「及ばずながら、できる範囲で、忠隣様をお支え致します」

と言って、茂兵衛は平伏した。

忠世は毀誉褒貶《きよほうへん》あるが、仕事は確かで面倒見もいい。愛嬌もあるから、ある種の人望があった。茂兵衛は長くその指揮下にあり、色々揉めたりもしたのだが、徳川家においては、平八郎の次にくる恩人だと思っている。それに、二人の弟──忠佐と彦左衛門は良き朋輩《ほうばい》だ。なんだかんだで、大久保党と茂兵衛は、深い絆《きずな》で結ばれていた。もし忠隣が窮地に陥るようなら、決して座視はしないつもりだ。

「先日、駿府城下で花井《はない》に会ったよ」

共に馬を進めながら、辰蔵が茂兵衛に囁《ささや》いた。昨夜、忠世と忠佐と三人で宴を催し、明らかに飲み過ぎた。ちなみに、彦左は江戸住まいだそうで不在だった。なにしろ頭が少し痛む。今は相模国の二宮《にのみや》という土地を東へ向け進んでいる。右手は波穏やかな相模湾だ。

「ほう花井に会ったか？　元気にしてたかね？」

「相変わらずさ。それがな……」

花井庄右衛門《しょうえもん》は、かつて茂兵衛の下で鉄砲隊の寄騎をしていた男だ。元々戦場に向いた性質ではなかったが、大敗した上田《うえだ》攻めの折、脇腹に銃弾を受けて死にかけた。で、それを機に、武人奉公を止め、文官に転身したのだ。現在は生真面目な性格を生かして、年貢などの数字を記録する役目についている。

「右手が無事なもんで文字は書ける。元々数字を扱うのは嫌いではねェし、花井のところで働けないかと訊いてみたのよ」

木戸家には男女の奉公人が七人いる。武士が二人、従僕が三人、女中が二人だ。主人から俸禄を受ける家臣には必ず軍役が課せられる。わずか二百石取りの辰蔵も例外ではない。ざっくり「四十石当たり一人」が相場で、二百石なら「戦場に五人は連れて来い」その程度の負担である。今後、二百石の加増があれば、さらに五人を召し抱えねばならない。六百石加増される茂兵衛に至っては十五人だ。収入も増えるが、支出も大層増える。

「それで、なんと？」

「勘定所とかゆうらしいが、組頭《くみがしら》に訊いてみてくれるそうだがや」

「ほうかい、そらええのう。江戸に着いたら、俺の方からも佐渡守《さどのかみ》様に口添えをお願いしてみるわ」

「うん、頼むがね」

無役《むえき》でも家禄があるから、暮らしには困らないのだが、無為徒食《むいとしょく》では人生が味気ない。茂兵衛なら「筆を持って数字と睨めっこ」などはまっぴら御免だが、辰蔵がやる気なら、それはそれでいいことだ。

百年も戦乱の時代が続いてきた。手や足を失くした武人も珍しくない御時世である。戦で負傷した者は、一定の尊敬を受けたし、尊重もされた。辰蔵は意気軒昂《いきけんこう》であり、右手は達者だから筆を使うのに支障はない。文官への登用もなんとかなりそうだ。

駿府から江戸までは四十六里（約百八十四キロ）あり、踏破に半月を要した。季節は冬の乾季で川止めこそなかったが、女子供の足に合わせる旅は捗《はかど》らず、一日に三里（約十二キロ）進むのがせいぜいだった。

そして天正十九年一月二十三日の午後、茂兵衛一族は遂に建設が始まったばかりの江戸へと入ったのである。

三

江戸湾沿いを北上し、桜田村《さくらだむら》という集落を通過した。

右手は、日比谷《ひびや》入江と呼ばれる葦《あし》が生い茂った浅い海だ。沖合に白い鳥が数多《あまた》浮かんでいる。もの凄い数だ。

「鷗《かもめ》かな？」

「確かに鷗ではあろうが……どれも嘴《くちばし》がやけに赤黒いのう」

茂兵衛の言葉に、物知りの辰蔵が注釈をつけた。鷗の嘴が赤黒いなら、ほぼ百合鷗《ゆり》であろう。古来、都鳥《みやこどり》とも称されてきた冬鳥である。

日比谷入江の東方四半里（約一キロ）先には細長く、低い土地が窺えた。江戸前島《まえじま》と呼ばれる小さな半島だ。

左手前方に見え始めた江戸城らしきものは当然、天守も石垣もなく、岡崎城《おかざきじよう》を草深くした感じの旧態依然たる平城であった。日比谷入江に面しており、土塁の下部だけは海水に侵食されないためにか石積みが三段ほどになっている。いわゆる、腰巻石垣という設《しつら》えだ。城の周囲には、葦が生い茂る中に百軒ほどの苫屋《とまや》が散見された。

「ここは……ほとんど漁村ではねェか」

辰蔵が呆れたように呟《つぶや》いた。

徳川家は五ヶ国百四十四万石の太守であり、本拠地である駿府は、それ相応の城郭と城下の町並みを誇っていた。言うなれば、小規模だが極めて美しい町であった。現在の徳川家は大幅な加増を受け、今や豊臣家に次ぐ二百五十万石の大大名となった。その根拠地が、この見すぼらしさではどうにもならん。辰蔵ならずとも嘆息を漏らすゆえんである。

茂兵衛たちがいる日比谷入江からは見えないが、前島の東側には江戸湊《みなと》と呼ばれる物産の集積地があり、入間川《いるまがわ》（隅田川《すみだがわ》）の水運を利用して関東各地へと物が運ばれていた。つまり江戸には、そういう貿易の中継地としての側面がなくもなかったのだ。旧北条領に移封させられ、秀吉から「本拠地は江戸にしてはどうや」と言われた家康が、それに唯々諾々《いいだくだく》と従ったのは、この江戸の立地に発展する可能性を見出したからに他ならない。

ただ現状は、豪商の店舗や巨大な蔵が立ち並ぶといったこともなく、辰蔵の感想の通り、見た目には「ただの漁村」であった。

「殿、この度の江戸入り、大変におめでとうございまする」

長く植田家の家宰を務めている鎌田吉次が、小田原口城門（外桜田門《そとさくらだもん》）の前で一行を出迎えた。吉次は、茂兵衛より七つ若いから今年で三十八歳だ。ただ、家宰としての苦労が多かったせいか、かなり老《ふ》けて見える。今年四十五の茂兵衛より年長に見えるから、なんだか申しわけない。

「いかがされまするか？　まずは家康公に御挨拶されまするか？　それとも先にお屋敷の方に向かわれまするか？」

「俺の屋敷は遠いのか？」

「あちらの方角に四半里（約一キロ）ほどでございまする」

と、北西の方角を指した。

「近いな。ならば俺は、辰と小六を連れて殿様に御挨拶してくるわ。おまんは、全員を屋敷まで引率しろ。一息入れさせるんや」

十五日に亘る長旅だったのだ、取り敢えずはゆっくりしてもらおう。

「御意ッ」

「長屋もあるんだら？」

「御意ッ」

「うん。ようやった」

城を囲んで、深い堀が掘られている、まるで大峡谷の景観だ。底の方では今も掘削が進められていた。

「な、吉次よ」

「はッ」

「この堀は、いずれ水堀とするのか？」

現在谷底には、細い川が日比谷入江に向かって東に流れている。

「おそらくは。日比谷入江の海水を引き込むのでございましょうな」

「えらい幅があるなァ」

と、目を細めて目算した。

「どこまで水を張る気か知らんが、広いところは二町（約二百十八メートル）近くありそうだがや」

「この場所は特に広うございまする。ほかは大体、三十間（約五十四メートル）か四十間ほどかと」

「うん。それでも幅広だがね」

茂兵衛は鉄砲の専門家である。もし江戸城が攻められたとして、堀の手前から攻城側が狙撃する場合を考えてみた。通常の火縄銃で三十間以上の撃ち上げでは、弾は届くが、なかなか狙って当てることは難しい。ましてや一町（約百九メートル）を超えると、特殊な長銃身の狭間筒《はざまづつ》でも使わぬ限りは不可能である。茂兵衛にも経験があるが、籠城戦などではよくある話だ。鉄砲の名手を忍ばせておいて、城内の兜武者を狙い撃ちにする。兜武者が狙撃されると、城兵の指揮は乱れ、士気はだだ下がるものだ。そういうことを十分に考えた上での縄張りとみた。

「ハハハ、絶妙な間合いだわ。江戸城……なかなか面白い城になりそうだがね」

と、嬉しくなった。

新屋敷へと向かう一族の行列を見送った後、馬を下り、辰蔵と小六を連れて橋を渡った。ところが背後から丑松がトコトコついてくる。

「なんだら？　おまんは吉次と一緒に新しい屋敷に行っとれ。俺も後からすぐに行くからよ」

丑松は、本多平八郎家の家臣である。陪臣であるから、家康に直接挨拶することは憚《はばか》られるのだ。

「や、本多家の屋敷は、小田原口城門を潜った右側にあるんだとよ。俺、殿から江戸に着いたらすぐに顔を出せ、ゆわれとるから」

「ほうかい。なら一緒に行こう」

と、親族四人連れ立って、古くて安普請の小田原口城門を潜ると、ドンと視界が開けた。

「これ……縄張りがちと広くねェか？」

辰蔵が呆れたように呟いた。

確かに広い。内堀の中、城の内郭部だけでも三十万坪（約百ヘクタール）を超えていそうだ。茂兵衛の見た印象では、内郭の面積は優に大坂城《おおさかじょう》の倍はある。

（これ、惣構えまでつくと、小田原城を超える巨城になるなァ）

茂兵衛には、家康の気持ちが少しだけ理解できた。昨年の小田原征伐で、徳川本隊は二つの城攻めに参加した。一つは箱根の山中城、もう一つは小田原城である。

山中城も山城としては巨大だったが、城兵の数が四千人と少なく、激闘虚しくわずか半日で落ちた。

対する小田原城は、前例がないほどに広大で、惣構えを持ち、五万から六万人の城兵が籠った。結果、天下の精鋭二十万人が包囲しても三ヶ月は落ちなかったのだ。北条氏は、秀吉の調略と政治力に敗れ、七月五日に降伏したが、実際に囲んでいた家康の目には「この城、力攻めでは、二年や三年は落ちんだろう」と恐ろしげに見えたのではあるまいか。

大きな城に多人数が籠れば、やはり城は落ちない——との認識を、家康は強めたのだと茂兵衛は感じていた。

広大な惣構えがあれば、兵糧備蓄の容易《たやす》さはもちろん、田畑から収穫を上げることすら可能だ。大人数で籠城する場合、最大の問題となる兵糧不足は心配無用なのである。数年持ちこたえれば、囲んだ攻城側に厭戦《えんせん》気分が蔓延するし、各地で一揆や謀反《むほん》が頻発するだろう。むしろ追い詰められるのは攻城側の方だ。

(殿様が江戸城をデカくした手本は、やはり小田原城だったんだろうなァ)

家康は、天下人ではない。つまり、権威の象徴として城を巨大化させたわけではないということだ。むしろ「秀吉に攻められた場合に備えて」の縄張りと考えるのが自然である。江戸城は極めて実戦的な要塞として築城されているのだ。

「ほれ、たぶんあれが本多家のお屋敷、反対側が家康公がおわす仮御殿や」

丑松が、前もって平八郎から渡されていた書付を見ながら指さした。

小田原口城門の東側にある本多屋敷は、まるで山砦《さんさい》のようだ。典雅さを徹底的に排除した無骨な設えで、見る者を惣無事令の世から乱世へと引き戻し、殺伐たる気分にさせた。城門内にある重臣《おとな》の屋敷とは思えない。いざ籠城となれば小田原口を守る曲輪《くるわ》として機能させるつもりだろう。

さらには仮御殿である。

「家康公らは、あっこに住んでおられるのか？」

「たぶんそうだがや。この書付には仮御殿と書いてあるがね」

「ほう」

一段高くなった場所に、大きな屋根が幾つか見えた。本御殿は城の北方に建てる予定らしい。仮御殿は本御殿が完成するまでの仮住まいだ。

「建てる予定？」

「そう聞いたで」

北の方で大きな普請をやっている気配は一切ない。静かなものである。

「殿様、しばらくは仮御殿で我慢するおつもりなのかなァ」

「不用心ではねェのか？」

横から辰蔵が口を挟んだ。

「だからこその、本多屋敷なのだろうさ」

平八郎が槍を研《と》いで待ち構えているとなれば、家康を襲おうと考える輩《やから》も思いとどまるだろう。

（小田原口の城門と殿様の護衛役かァ。さぞや平八郎様、張り切っておられるだろうなァ）

こういうときの平八郎は興奮状態にあるから、言葉の選択に留意しないと、痛い拳固を食らうことになる。

「丑松、ここで別れよう」

茂兵衛が弟に言った。

「まずおまんは、平八郎様に御挨拶に行け。俺らは仮御殿に上がるが、帰りには本多屋敷にも顔を出すよ。平八郎様に挨拶しとかんと、後から臍《へそ》を曲げられても困るからのう」

「へへへ、ありそうやなァ」

甲冑姿の丑松が屈託のない笑顔を返した。


「今は裸城よ。籠城はできんがね」

やはり平八郎は張り切っていた。家康にこそ会えなかったが、仮御殿からの帰途、本多屋敷を訪問して驚いた。平八郎以下、本多家の家来全員が甲冑姿で、まさに臨戦態勢であったのだ。

「それにしても、物々しゅうございますな」

平八郎は、書院の畳の上に黒熊の毛皮を敷き、完全武装で床几《しょうぎ》に腰を下ろしていた。

「たァけ。今は堀もねェ。矢倉も城門も使い物にならん。徳川は今、城におるのではねェ。草深い漁村の高台に野営しとると思うことが肝要だがね」

「しかし、一体誰が攻めて参るのですか？」

「当然、秀吉だわ」

「惣無事令の世ですぞ」

「あんなものは、我ら徳川を油断させるための、大坂方の目くらましだわ」

確かに純軍事的な見方をすれば、現在の徳川は圧倒的に不利だ。北方には蒲生《がもう》、佐竹《さたけ》、宇都宮《うつのみや》、真田《さなだ》――秀吉方の武将が並んでいる。旧領の三河《みかわ》、遠江《とおとうみ》、駿河《するが》には秀吉恩顧の強力な武将たちが入った。それでいて、江戸城がほぼ裸であることは、平八郎の言葉の通りだ。もし三河、遠江、駿河勢を基幹とする豊臣軍が東進してくれば、今の徳川に勝ち目は薄いだろう。平八郎が抱く不安も「むべなるかな」である。

「大丈夫、やられっ放しにはならねェわ」

平八郎が不敵に笑った。

「関東には北条の残党が三万人は身を潜めておる。奴らに『今一度秀吉と戦おう』と声をかければ、少なくとも一万人は動く。徳川の三万余と併せて四万。野戦《いくさ》に討って出て、豊臣勢と雌雄を決してくれるわ。腕が鳴るわい、ハハハ」

確かに面白い。家康と三河衆は、攻城戦より野戦でこそ真価を発揮する。攻城戦が得意で野戦下手の豊臣方、さぞや苦戦するだろう。

（ただよォ。北条攻めで殿様は秀吉に忠節を尽くした。武功も第一級だわ。それは天下万人の知るところだがね。これでもし、忠義の徳川を攻めたら……惣無事令が聞いて呆れる。もう誰も秀吉を信用しなくなるわなァ。そこまでして、秀吉は攻めてくるのだろうか？）

茂兵衛に結論は出せない。そこまでの知恵はない。

四

茂兵衛が拝領した屋敷は、江戸城の西、国府方《こうかた》（現在の麹町《こうじ》）にあった。

江戸城の西門（現在の半蔵門）から、往還（現在の甲州街道）に沿って西へ数町歩いた一等地である。この往還は、四谷《よつや》から角筈《つのはず》を経て甲斐国《かいのくに》の甲府《こうふ》まで続いていた。

西門は江戸城の搦手《からめて》に当たるから、大手門の次に重要な防衛拠点であろう。その近傍に屋敷を貰えたのだから、茂兵衛もそれなりに期待されているということだ。茂兵衛屋敷の周囲には鉄砲百人組の寄騎衆の組屋敷や足軽長屋が集まっており、左馬之助も小六もそこに小さな屋敷を構えている。一朝事ある場合は「鉄砲百人組を率いて往還を封鎖し、西門を死守せよ」との上意であろうか。ま、そうなったらそうなったで、やるべきことはちゃんとやるつもりだ。

問題は屋敷の広さである。

六百坪あって、大層広いようだが、茂兵衛家の奉公人は男女合わせて百人を超える。さらに六百石の加増で十五人増えれば、なんやかんやで百二十人で六百坪に住むことになる。これが駿府や浜松《はままつ》なら、周辺に町屋や農家も多かったから通いの奉公人の割合を増やすことも可能だったが、新開地である江戸では宿舎になるような家は見つかり難い。寺に間借りするにしても、先乗りした他家の家臣たちにどこの寺もすでに押さえられていた。

そこで家宰の吉次は、敷地内にできる限りの長屋を建てることに専念した。見映えや使い勝手などの質よりも、なにしろ量を優先させたのだ。往還から眺めれば、茂兵衛屋敷の内側に粗末な棟割《むねわり》長屋が立ち並んでいる。あたかも溜池の水を抜いたとき、わずかに残った水溜りに密集して蠢《うごめ》く、鮒《ふな》や鯰《なまず》の背中を思わせた。

「まったく、みっともない」

寿美が憤慨するゆえんである。

ただ、家臣団の屋敷地確保が困難なのは、江戸中どこも一緒だ。そもそも江戸という町が江戸城を中心に、せいぜい縦一里（約四キロ）、横一里の範囲に収まっていた。現代の千代田区（約十二平方キロ）と中央区の西半分（約五平方キロ）を合わせた程度と考えて頂ければいい。

文政《ぶんせい》元年（一八一八）に定められた「朱引」の範囲を、およそ二百三十平方キロとすれば、ざっくり天正十九年当時の江戸は、十三分の一程度の広さしかなかったのである。大名屋敷こそないとはいえ、総体としての敷地不足は止むを得なかった。広大な屋敷に、鬱蒼たる樹木が生い茂った悠々たる武家屋敷——そんなものは後世の印象であり、江戸入府直後のどさくさには、考えられなかったのである。

ちなみに、後日国府方は国府路《こうじ》と名を変え、麹町の地名の由来となった。

愕然としたことだが、隣家は、なんと服部半蔵《はっとりはんぞう》の屋敷であった。半蔵とは九年前に一度、泥酔の上で大喧嘩をしたことがある。信長《のぶなが》が死に、天正壬午《てんしょうじんご》の乱で甲斐に攻め入った後のこと、場所は浜松城郊外だ。

刀を抜いて斬り合ったのだから、すでに喧嘩の域は超えている。あれは、もう完全に果たし合いだった。上田で死んだ愛馬――今でも思い出す度に茂兵衛は涙ぐむ――雷《いかずち》の力を借り、かろうじて勝って溜飲《りゅういん》を下げたのだが、以来半蔵とは、城内ですれ違っても互いに口をきかない。目も合わせない。

「まずは、御挨拶に行って下さいましな」

寿美が茂兵衛に求めた。

「ど、どこに？」

「ですから服部様ですよ」

「え――ッ？」

「なにせ、お隣様なのですから」

と、寿美は事もなげに言うのだが、茂兵衛にとって服部邸への訪問は気が引ける。

「半蔵殿は乙部八兵衛の上役だら。八兵衛と一緒に行くさ。一人で行って、闇討ちされたらどうする？」

「まさか。先様は酒の上での喧嘩の話など、もう覚えておられませんよ」

と、能天気な妻がコロコロと笑った。

「おまん、本当にそう思うのか？」

顔を寄せ、まじまじと寿美の目を覗き込んだ。

「俺らは真剣で斬り合ったんだぞ？　俺、刀の切っ先を奴の喉に突きつけたよ。あの陰険で執念深い服部半蔵が、その恨みをあっさり忘れておると思うのか？　こら寿美……おまん、正気か？」

「わ、忘れてませんかね」

「忘れるもんかい。むしろ遺恨が増幅し、魑魅魍魎《ちみもうりよう》の類に変化《へんげ》しとるわ。嗚呼、ナンマンダブ、ナンマンダブ」

「こ、困ったわねェ」

さすがの寿美も、もうそれ以上は無理を言わなかった。

長旅の疲れも癒えた頃、茂兵衛は庭に出て、綾乃と遊んでいた。

「おんぶ」

「おんぶって……綾乃はもう童ではねェのだから。恥ずかしいぞ」

「おんぶ！」

「あの……はい」

と、しゃがんで背中を向けた。しばらくは庭をウロウロしていたのだが、やがて綾乃が飽きて「屋敷の外に出たい」と言い出した。

「駄目だら。父は鉄砲百人組のお頭だがや。偉いんだわ。娘をおんぶして町をウロウロしていては面目が潰れるがね」

「面目ってな〜に？」

子供が疑問を持った。ここは親らしく、きちんと教え導かねばなるまい。

「人前を、ケツ丸出しで歩くと恥をかくだろ？　それがつまり、面目を潰すということだがね」

「ケツ丸出し？」

「そうそうそう」

（や、これはまずいかな？　綾乃の奴、必ず寿美の前でも「ケツ丸出し」を連発するぞ。誰から聞いたのかと問われて、綾乃が「もへえから」と答えやがる。大騒動になるわなァ）

「え、ええか綾乃、大事なことだからよく聞きなさい」

「なあ～に～？」

おんぶしたまま、背中の娘に厳しく言って聞かせることにした。

「ケツ丸出しはいかん。下品だら。二度とゆうてはならんぞ。おまんが恥をかくだけだがね。ええな、約束できるか？」

「うん、母上の前では『ケツ丸出し』って言わない」

どうして「母上の前では」の一言が入ったのだろうか。

(この性悪娘、まさかすべて分かって言っとるのではあるめェな)

「……あの」

「ね、もへえ」

背中から性悪娘が声をかけてきた。

「ケツ丸出しって言わないから、その代わり、このままおんぶで外に出て」

「だから外は駄目だら。埃っぽい。今日も風があるし、鼻が詰まるぞ」

江戸に入って七日目だが、この土地の埃っぽさ、乾燥した風の強さに閉口している。水路の掘削で大量に出た土砂を、平川《ひらかわ》河口の低地帯の盛り土などに使ったのはいいが、まだ表層が不安定で、風が吹くと土煙が舞い上がった。冬の空は青いものだが、江戸の空は黄色く見えるほどだ。

「埃っぽくてもいいよ。言わんから……ケツ丸出しって」

「ほ、本当に言わないな？」

「うん、特に母上の前では言わない」

「わ、わ、分かった」

完全に掌《たなごころ》の上で転がされている。

門を出るとき、門番に立っていた小者が慌てて止めた。

「ご、御身分にかかわりまする」

「ええんだよォ」

「お許しいただければ、手前が姫様をおんぶ致しまするが」

「やだァ。もへえの方がええ」

まったく、配慮のできない娘である。

「すまんな。おまんは忠臣だわ。確か文三《ぶんぞう》とかゆうたな？」

「作衛門《さくえもん》にございまする」

「あ、そうそう。作衛門だわ……いつも感謝しとるがね。今回は見なかったことにせい、ええな？」

「は、はい」

作衛門に見送られて門を出て、家の周囲をのんびり歩いた。隣家の庭で、梅の花が満開だ。

つられて、そちらに進んだ。つんと清冽さを感じる香りが漂ってくる。甘ったるいだけの花の香りよりも、茂兵衛の好みだ。風は冷たいが、陽光の中に春めいた明るさが感じられた。

「よお」

こんもりと茂った松の木に声をかけられ、茂兵衛は仰天して立ち尽くした。

松の木が喋《しゃべ》るわけがない――服部半蔵だ。

冬場は樹液が止まり、大胆に剪定《せんてい》しても木は傷まない。そこで松に上り、邪魔な枝の剪定をしていたらしい。大枝に紛れて姿が見えなかったのだ。そういえば半蔵の唯一の道楽は、庭木いじりだと聞いた覚えがある。

半蔵は長い手足を器用に使って、スルスルと松の木から下り、塀を飛び越えて音もなく着地した。

（まるで蜘蛛《くも》だよなァ）

頑丈そうな四角い体に、ひょろりと長い手足――確かに蜘蛛に似ている。戦場で茂兵衛が戦わずに逃げ出すのは、この手の体形の持ち主だ。例外なく強い。

「娘御か？」

「うん」

「美人だな」

「まあな」

「蜘蛛みたい」

背中で美人の娘が呟いた。やはり親子だ。物の感じ方が一緒である。

「これ綾乃、不躾《ぶしつけ》だぞ」

「や、むしろ誉め言葉さ……な、綾乃殿？」

耳聡い蜘蛛男が苦く笑った。

五

なにがどう間違ったのか、茂兵衛は、徳川家中で最も嫌われている男と散策するはめになった。綾乃も一緒である。半蔵が「これから、千鳥《ちどり》ヶ淵《ふち》を見に行かないか？」と誘い、綾乃が茂兵衛が断るより先に「行く」と応じてしまったのだ。

（やだなァ。こんな嫌われ者と歩いてると、同類と見なされちまう）

茂兵衛は辟易（へきえき）していたが、綾乃は久し振りの遠出にはしゃいでいる。さらに、近所付き合いを重視する寿美は、茂兵衛に半蔵と和解して欲しいようだ。ま、ここは行くしかあるまい。

　馬にも乗らず、供も連れず、普段着に脇差一本を佩《は》いて歩く。一見、パッとしない下級武士の散策に見えるが、茂兵衛と半蔵、二人合わせれば一万一千石の高禄を食《は》んでいるのだ。人は見かけによらない。

「なあ、茂兵衛よ。徳川がこの土地に根を下ろせるか否かは、何にかかっとると思うね」

「さあ、知らねェ」

「水だがや」

　歩きながら半蔵が言い切った。

　半蔵の出自は伊賀《いが》の地侍だが、父親の代で三河に出たから、半蔵自身は三河言葉を喋る。ちなみに、彼は二代目の服部半蔵である。諱《いみな》は正成《まさなり》。父親も同じく半蔵を名乗っていた。こちらの諱は保長《やすなが》という。

「問題は二つある。まずは飲み水だがね。江戸は、井戸を掘っても真水は出てこん。塩辛い海水が湧き出しよる」

「国府方もそうか？」

綾乃をおんぶして歩きながら、茂兵衛が質した。

「ほうだら」

「つまり、我が家に真水の出る井戸はねェのか？」

「ほうだがや」

「うちはどうしとるんだろうか？　水は普通に使っとるがね」

「毎日奉公人が、苦労して川まで汲《く》みに行っとるんだわ」

「ほう、そら申しわけなかったなァ。おい綾乃、聞いたか？　もう少し感謝して水は飲まないかんぞ」

「うん」

背中で綾乃が頷いた。

井戸が駄目なら、頼るべきは川である。西の武蔵野《むさしの》台地や北の本郷《ほんごう》台地から流下する川の水はさすがに真水だから、それを汲んで飲み水として使用した。江戸にも幾ヶ所か、清水が湧出するいわゆる「名水」と呼ばれる井戸がなくはない。しかし、そのどれもが、川の水が沁み出した湧水に他ならなかった。結局は、川なのである。今時、山間《やまあい》の山村にも井戸ぐらいある。わざわざ水汲みに川まで行くのは、まるで原始の暮らしだ。

「そこで、飲み水を貯める巨大な水瓶として、同時に城の水堀としても使おうと考えたのが、今から行く千鳥ヶ淵だがね」

「ほうほう」

江戸城の北西には、長い年月をかけて局沢川《つぼねざわがわ》が削った深い峡谷があった。この半年、その谷をさらに掘削すると同時に、茂兵衛屋敷のある搦手門外と北方の田安《たやす》口に土橋を築いて堤となし、局沢川を堰《せ》き止め、十三町（約千四百メートル）ある谷筋に水を貯める計画である。この巨大な貯水池が完成すれば、城の北西方向に多く住む家臣団の水問題は一気に解決するはずだ。水汲み場を幾ヶ所か設置すれば、利便性は高まる。さらに千鳥ヶ淵の東側に水を貯めて、別途牛《うし》ヶ淵《ふち》という貯水池を造る計画もある。もちろん、半蔵の言う通りで、千鳥ヶ淵や牛ヶ淵は、そのまま江戸城の堅固な水堀としても使える次第だ。

歩くうちに、綾乃が「おりる」と言い出した。

おんぶを止め、手を繋いで歩いた。背後から見ると、左から順に、茂兵衛、綾乃、半蔵が仲良く並んで歩いている。綾乃が半蔵の手も取ったので、妙な感じの一団となった。幼い娘の無垢な左手は、自ら二百人以上を殺した鉄砲大将の手に繋がれ、右手は「鬼の半蔵」と恐れられ、たぶん茂兵衛以上に殺している隠密頭の手に繋がれている。

（これ、どうなってんだ？　大丈夫か？）

茂兵衛は少し不安になってきた。

最前、綾乃は半蔵を見て「蜘蛛みたい」と表現した。彼女は、虫が大の苦手だから「蜘蛛みたい」は、最大限の侮蔑表現である。それが今は、自分から蜘蛛男の手を握りに行った。

（こいつはよォ。若い男には見境なく「嫁に行く」を連発しやがるし、蜘蛛みたいな年寄り相手でも、躊躇《ちゅうちょ》なく手を握りやがる）

現在、綾乃は歩きながら、半蔵に愛想を振りまいていた。馬の仁王の放屁が猛烈で、それがとても臭い旨を話している。美少女から話しかけられて、鬼の半蔵もまんざらではないようで「ほうかい、ほうかい」と頷いている。

（綾乃は武家の娘なんぞより、遊女かなんかの方が向いてるんではねェかなァ。ま、寿美が聞いたら怒るだろうけどな……あ、寿美か……寿美ねェ）

古女房の顔が脳裏を過《よぎ》った。

寿美は茂兵衛と夫婦になる前に二度結婚し、二度とも亭主を戦場で亡くしている。茂兵衛が戦に出ている間、屋敷で綾乃を抱きしめ「三度目があるのでは」との恐怖に怯えていたはずだ。綾乃はこう見えて賢い。母の不安な心を察し、自らの人格形成の糧とした部分はあるだろう。

(父親も亭主も、男なんてもんは簡単に死んで女を独りにする……そんな不安を、お袋を見るうちに抱え込んだのかも知れねェなァ)

だとすれば、綾乃の男全般に対する愛想のよさが説明できそうだ。一人が死んでも次がいて、それが死んでも、またその次がいる。安心感を求めて、綾乃は四方八方に愛想を振りまいているのだとしたら——

(あ、哀れなもんだら)

と、綾乃を見た。娘は盛んに半蔵と喋っている。

(待てよ。俺のことを「父上」と呼ばねェのも、この伝で説明できねェかな)

年端もいかぬ娘にとっての父親は、最大最強の庇護者だ。替えが利かない。これを「父上」と奉り、崇めていると、死なれたときの痛手が大きい。大き過ぎる。その点、ただの「もへえ」であれば、たとえ死なれても、小六や松之助、弥左右衛門《やそうえもん》など数多いる男の一人を失ったに過ぎないから、幾らでも替えが利き、心の痛手も少なくて済む。綾乃はそんな風に——

「どうだ茂兵衛？」

「あ？」

半蔵の低い声に思索を破られ、茂兵衛は不快げに返事をした。

「俺の五男は、俺に似ずなかなかの男前よ。頭も悪くねェ。年齢的にも釣り合うし、綾乃殿と……」

「駄目だ」

「なんでだよォ」

話が終わる前の拒絶に、鬼の半蔵が目を剝いた。

「親が極悪非道の人殺しの家から婿はとらん」

「お、おまんだって、百や二百は殺しとろうが」

「俺はいいんだよォ」

「なんだそりゃ！」

なぞと無邪気に喧嘩するうち、千鳥ヶ淵に着いた。

大峡谷——そんな印象だ。

元々は局沢川の蛇行部で、深い淵となっていた場所らしい。切り立った谷の斜面がそのまま城の土塁として使える。現在は冬で雨が少なく、水もまだ少ししか溜まっていないが、春先から梅雨《つゆ》にかけて一気に水量を増し、江戸の水瓶が完成することだろう。今から楽しみだ。

「おまん、水の問題は二つあるゆうとったなァ。一つは飲み水として、もう一つはなんだら？」

大峡谷の絶景に圧倒されながら茂兵衛が半蔵に訊いた。

「洪水よ……これが、どうにも厄介なのさ」

半蔵が渋い顔で答えた。

江戸城のすぐ北東をかすめて、日比谷入江へと注ぐ平川が諸悪の根源なのだ。平川は、中流部で小石川《こいしかわ》と上平川《かみひらかわ》が合流し、水量がやたらと多くなる。雨季には河口部で水が溢れ、大雨が降れば洪水となった。

家康は江戸に入るとまず、平川河口と江戸城との間に堤防を築かせた。洪水から「まずは城を守ろう」との算段である。この考え自体は支持するが、堰き止められた水は行き場を求め、城の東部の低地帯に広がるはずだ。家康の構想として城下町の建設を予定している場所（現在の神田界隈）が水浸しになる。これでは江戸の発展などおぼつかない。

「なら、どうする？」

「平川の流れを変えるのさ」

「はあ？」

茂兵衛が首を捻《ひね》ると、半蔵はしゃがみ込み、地面に指先で絵図を描いて説明してくれた。

「新たに水路を掘る。完成は来年か再来年にもなろうが、どうしてもやり遂げねばならん」

地面の絵図によれば、現在の平川は、北から南へと流れ、日比谷入江の奥まった場所に河口がある。その周辺が広く水浸しになるゆえんだ。そこで水路を掘って流れを東へと誘い、人家の少ない江戸前島の中ほどに河口部を新たに作るというのだ。

「今の河口部は？」

「そら埋め立てるだろうよ」

「つまり、平川の流れを変えるとゆうことか？」

「だから、最初からそうゆうとろうが！」

茂兵衛の呑み込みの悪さに、半蔵が苛ついた。

「この、東西に走る川はなんだら？」

絵図には、江戸前島の根本を南北に走る平川の放水路と直交する形で水路が描かれていた。

「前島の東にある江戸湊と御城を繋ぐ水路だがね」

今後、城の普請が活発化するだろう。石垣用の大石、御殿を建てる材木を数多搬入せねばなるまい。ところが、石などを満載した大型の船は、葦が生い茂る浅い日比谷入江には入れない。座礁してしまう。その点、前島の東にある江戸湊なら水深も十分に深く、大型船も入る。そこで、江戸湊から城下の辰の口《たつくち》まで、半島の付根部分を東西に掘り抜いて運河となし、船で城のすぐ下まで資材を運べるように工夫した。昨年の七月から八月にかけて、突貫工事で貫通させたのだ。

「そりゃ、凄いわ」

「道三堀《どうさんぼり》とか呼ばれとる」

水路の際に、徳川の奥医師である曲直瀬《まなせ》道三の屋敷があることから、そう呼ばれているらしい。

「な、半蔵よ？」

半蔵が地面に描いた絵図を取り囲むようにして、三人でしゃがみ込んでいる。

「おう、なんら？」

「おまんと俺は果たし合いを演じた仲だら」

「ほうだら、今でも遺恨に思うとる」

「遺恨ってな〜に？」

綾乃が半蔵に訊いた。

「深〜く恨んでるって意味だがね」

半蔵がムッツリと答えた。

「その恨んどるおまんがよォ、なんで俺と娘を誘い、こうして親切に色々と教える気になったのか、そこが知りたい」

「そりゃ、簡単だァ」

「うん」

「屋敷が隣になったからよ」

地面に描いた絵図を、掌で消しながら半蔵がブツブツと説明し始めた。

「俺は放っとくつもりだったが、女房殿が『仲直りしてくれ』って五月蠅《うるさ》い。『隣同士で睨み合うのは息が詰まる』ってゆうから、それで……」

「あ、なるほどォ」

いずこも、家庭環境は似ているようだ。嫌われ者の服部半蔵だが、なんだか親しみが湧いてきた。

さすがに歩き疲れた綾乃を背負い、帰途に就いた。

「ある方から聞いた話なのだが」

歩きながら茂兵衛が話した。

「今この時、豊臣から攻められたら、我ら徳川は随分と不利らしいのう」

「平八郎様か？」

「だ、誰でもええだろうが」

一発で見抜かれた。茂兵衛も平八郎も、隠密稼業には向かない。

「ま、不利は不利だな。ただ、豊臣は動かんよ。今は動けんはずだわ」

「なぜ分かる。楽観的に過ぎねェか」

「先月の二十二日に、大納言《だいなごん》が死んだ」

「大納言？」

「大和《やまと》大納言豊臣秀長《ひでなが》……秀吉の実弟だがや」

天正十九年一月二十二日、兄を支え続けた弟が病死した。

兄が攻め、弟が守る。兄は陽光、弟は月光。兄が戦と外交を担当し、弟が内政を担ってきた。兄が先走ると、弟が諫《いさ》めた。どちらが欠けても豊臣政権は成立しなかっただろう。その弟が死んだ直後に、最強の敵、家康に牙を剝くだろうか。

「まず、ねェな。秀吉は、それどころではねェよ。内政を立て直さにゃならん」

「なんやよう分からんが……つまり、攻めてはこんのだな？」

「ああ、来ないね」

半蔵が薄ら笑いを浮かべた。

「でもよォ。二十二日に死んだなら、まだ、十日も経ってねェぞ。どうして分かったんだら？」

「舐《な》めるな。徳川隠密は、どこにでも入り込んでおるがね、ひょっとしたら、おまんの家にもなァ、ヒヒヒヒ」

恐ろしや徳川隠密——やはり、この家から婿を取るのは止めておこう。

六

天正十九年（一五九一）には閏《うるう》一月があったから、六月二十日を西暦に直せば八月九日となる。今は真夏である。

江戸に移って六ヶ月、最近の綾乃は元気がない。蟬時雨《せみしぐれ》の中、母屋の広縁で膝を抱え、庭に咲いた芙蓉《ふよう》の花を見つめては、溜息ばかりついている。

芙蓉が桃色の花を咲かせる頃は、例年うだるような暑さで誰もが元気をなくすものだ。そういう季節ではあるのだが、十歳の娘に思い詰めた様子で溜息をつかれると親としては心配になる。

「綾乃の奴、どうかしたのか？」

「さ、さあ……普通ですよ」

寿美がいかにも「いいたくない」との風情で言葉を濁した。

「なんだよォ。ゆうてみりん」

「貴方、機嫌が悪くなるから……」

「ならねェから、ゆうてみろや」

「本当に？　ならない？」

妻がやっと話し始めた。要は、江戸移転で隣家の幼馴染と離れ離れになったのがどうにも寂しいらしい。

「幼馴染って、あの出っ歯《でっぱ》か？」

「駄目ですよ。他所様のご子息に失礼な」

と、寿美が眉を顰《ひそ》め、声を潜めて亭主を窘《たしな》めた。

あちこちで「将来、嫁になる」を乱発している綾乃だが、隣家同士、兄妹のようにして育った大岡《おおおか》弥左右衛門にも無責任な夫婦《めおと》手形を発行していた。ところが弥左右衛門のことを茂兵衛は気に入らない。松之助は兎《と》も角《かく》、どうしても婿にするというなら「小六の方がまだましだ」と思っている。茂兵衛には「出っ歯の男は助平で不実」との確信に近い偏見がある。江戸移封により、弥左右衛門と綾乃が離れ離れになってくれてホッとしていた矢先なのだ。

「出歯衛門《でばえもん》はおらんようになっても、綾乃には他になんぼでも男はおるだら」

「だから、その出歯衛門……弥左右衛門殿が、綾乃の中では替えの利かない第一番だったのではないですか？」

「だ、第一番って……出っ歯がか？」

「たぶんね」

妻が頷いた。打掛の上から帯を締め、肩を脱ぎ、腰から垂らして小袖を見せている。この時代、上級婦人の夏の装いだ。

「ふん」

しばらく考えていた茂兵衛が、皮肉な笑みを浮かべた。

「なんですか？　薄気味の悪い」

「俺にはよォ、どうして出歯衛門が綾乃の第一番なのか、その理由がもう分かってんだわ」

「あら、どうして？」

「俺が、野郎を気に食わねェからよ」

「意味が分からないけど？」

と、寿美は首を傾げたが、ま、ありがちなことであろう。人間とは因果なもので、禁じられたり否定されたりすると、かえって執着してしまう。勝気な娘が父親の意に染まぬ男に恋をする──よくある話だ。

逆にだからこそ、茂兵衛は自信満々であった。

(簡単だァ。俺が出歯衛門のことを闇雲に褒めりゃええのよ。そうすりゃ、臍曲がりの綾乃は、出歯衛門への興味を失くしちまうに決まっとるがね)


「よお、綾乃」

広縁で膝を抱えたまま、こちらを見もしない。

「おまん、大岡弥左右衛門殿と遊べんので、へこんどるらしいのう」

チラと茂兵衛を見たが、やはり無言を通した。

「大岡殿の屋敷くらい、調べればすぐにも分かる。手紙を出せばええ。なんなら俺が連れて行ってやる。父も大岡殿と話をしたい。遊びに行こうや」

「もへえは、弥左右衛門様のこと嫌いなんでしょ？」

「そんなことゆうた覚えは一度もねェぞ」

「ゆわんでも、なんとなく分かる」

「本当に嫌ってたら、一緒に遊びに行こうなんて誘うもんかい。違うか？」

綾乃が顔を向けて茂兵衛を見つめた。

敏い娘だから、父の言葉には「理屈が通っている」と気付いたようだ。

「弥左右衛門殿はええ子だわ。少し前歯が出とるが、それも愛嬌があって、なかなかええがね」

「……本当にそう思ってるの？」

「ああ、本気さ。それに大層勉学ができるそうな。将来が楽しみだら。都合よく次男坊ではあるし、おまんさえ望むなら、婿としてなんの文句もねェわ」

「……ふ〜ん」

反応が今一つ薄い。視線も芙蓉に戻してしまった。計画通りである。茂兵衛が弥左右衛門を嫌っていないと知り、張り合いを失くしたらしい。賢いようでも所詮は子供、茂兵衛の術中に嵌《は》まったようだ。

「あれれ、弥左右衛門殿には、あまり興味がなかったのかな？」

「弥左右衛門様だけのことじゃないから……」

「え、どうゆうこと？」

「もう、なんでもいいよ。あっち行って」

（弥左右衛門だけのことじゃねェ？　そりゃ、どうゆうことだら？）

ここで茂兵衛は、回らぬ頭を必死に回した。

（あれがこうで……これがああなって……ふむふむ）

「な、綾乃」

「ん？」

興味なさげな返事が戻ってきた。

「おまん、惣無事令って知っとるか？」

「聞いたことある。小六様がゆうとった」

綾乃が、抱えた膝に顔を押し付けながら呟いた。

「西の方の大坂とゆう土地にな、豊臣秀吉様とゆうド偉いお方がおられるんだわ。その方が『もう戦はするな』『皆の者、戦は止めとけ』との法度を出された。それが惣無事令よ」

「……」

黙って顔を上げ、憂いを帯びた目で茂兵衛を見上げた。

「これからは、戦で死ぬ者は、誰もおらんようになる」

「もへえも死なないの？」

「戦では死なん。なにせこの国から戦がなくなるのだから、死にようもねェだろうがよ、ハハハ」

昨今、陸奥国《むつのくに》や出羽国《でわのくに》では、一揆や反乱が相次ぎ、蒲生氏郷《うじさと》と伊達政宗《だてまさむね》が鎮圧に手こずっているそうだが、小田原征伐での秀吉軍の威容を実見している茂兵衛には大したことないと映っていた。

「俺だけではねェぞ。小六も松之助も弥左右衛門も、誰も死なん。なにせ戦がねェのだもの」

「ほ、ほうなの」

「ほうだら」

「私……」

「うん？」

「豊臣秀吉様、好きかも」

美少女、破顔一笑だ。

「ほうか、ほうか、そらよかったなァ」

茂兵衛の左目からスッと一筋、涙が流れた。彼が千鳥ヶ淵の手前で思いついた仮説はどうやら的中していたらしい。要は「男は戦に出て、帰って来なくなる」との母親の不安を、綾乃なりに「男はいなくなるもの」と解釈し、幼馴染が引越しただけでも大きな喪失感を覚えていたのだ。武人を父に持つ娘、哀れではないか。そこを、秀吉の惣無事令を持ち出すことで、少しでも緩和してやれたのならありがたいことだ。

「惣無事令は足元から揺らいどる」

と、半蔵などは危惧しているが、少なくとも茂兵衛の娘を元気づけるぐらいの効用は保てているらしい。


しかし、惣無事令下の「戦のない世」を称賛しながらも、その一方で、家康は着々と新領地の守りを固めていた。

上野国《こうずけのくに》の箕輪《みのわ》には十二万石の井伊直政、館林《たてばやし》には十万石の榊原康政を置くことで、北への守りを固めた。安房国《あわのくに》の里見氏には、上総国大多喜《かずさのくにおおたき》に十万石の本多忠勝《ただかつ》を配置して睨みを利かせている。西への備えは小田原四万石の大久保忠世だ。さらに酒井忠次《さかいただつぐ》の倅《せがれ》である家次《いえつぐ》は、下総国《しもうさのくに》の臼井《うすい》に三万七千石で入り、同じく矢作《やはぎ》に四万石で入った鳥居元忠《とりいもとただ》と共に、常陸国《ひたちのくに》五十四万石の佐竹氏に相対することになった。

ただこの布陣、茂兵衛には少々合点がいかない。

（東の佐竹には鳥居様と酒井様が当たられる。北の蒲生、宇都宮、真田には井伊様と小平太様が備える。安房の里見には最強の平八郎様だら。心配は要らねェ。ただ、肝心の西への備えは、小田原の七郎右衛門様だけなんだよなァ……これ、大丈夫か？）

忠世は現在、徳川の中で最も秀吉と親しい。百に一つ、万に一つ、忠世が秀吉の調略に屈したら、もう江戸まで大坂勢の前進を阻む手立てはない。

（殿様には似合わねェ不用心なこったァ……どうゆうことだら？）

「殿ッ」

綾乃の向こう側に、広縁を小走りにきた富士之介が控えた。

「佐渡守様より、危急の御使者が……」

「うん、すぐ行く」

と、機嫌の直った綾乃の肩をポンと叩いてから立ち上がった。

（あ、そうか……）

正信から呼ばれて、ふと思い出した。

（佐渡守様は、鎌倉《かまくら》の玉縄城《たまなわじょう》に封《ほう》じられたんだわ）

小田原と江戸との間に鎌倉はある。いざとなれば、正信が「なんとかする」という意味なのだろうか。しかし、いくら知恵者とはいえ、正信の所領はわずか一万石だ。忠世を調略した秀吉軍の歯止めにはなるまい。

（やっぱり、よく分からねェわ）

天正十九年（一五九一）六月二十日、茂兵衛は急な呼び出しを受け、家康の住む仮御殿へと慌てて伺候《しこう》した。

第三章　奥州《おうしゅう》再仕置

一

家康の仮御殿は、江戸城《えどじょう》の南端にあった。まだ水は張られていないが、桜田《さくらだ》堀《ぼり》を見下ろす高台に立っている。富裕な地侍の屋敷程度の板葺《いたぶ》きの家屋が、幾軒も軒を連ねていた。植田家家宰の鎌田吉次と同様に「質より量」を旨としたようだ。

家康は、天守や城門、櫓《やぐら》などの城の防御施設や自分が住む御殿よりも、家臣たちの衣食住、江戸の庶民生活の安定を、まず優先させようとしている。それは事実で嘘はない。家臣や庶民たちは「慈愛深い殿様よ」「古代中国の名君、堯《ぎょう》や舜《しゅん》もかくや」と、これを大いに称えたが、家康をよく知る茂兵衛は――

（本気かよ……殿様、暑気あたりで、トチ狂われたのではねェか？）

と、主人の変化に当惑していた。

茂兵衛の知る限り、家康はその手の理想主義の殿様ではない。決して暴君でも暗君でもないが、辟易《へきえき》するぐらいの現実家だ。いつもの家康なら、御殿や天守は兎《と》も角《かく》、まずは城の防備——堀や城門や櫓を完成させようとするはずだ。実際に秀吉という仮想敵は存在するのだから、乱世に生きる者の心得として、まずは自分の生命と安全を確保するのが第一義のはずだ。

（西への備えが小田原の七郎右衛門様だけというのも変だしよォ。最近の殿様はどうかしてるぜェ……平和惚《かし》けか？）

などと心中で小首を傾げながら、仮御殿に上がった。

（や、待てよ。殿様は江戸に入るとまず最初に、洪水の多い平川《ひらかわ》の河口と城との間に大きな堤防を築かせたとゆうてたなァ）

この閏《うるう》一月、千鳥《ちどり》ヶ淵《ふち》を見学にいった折、服部半蔵から聞いた話だ。ちなみに現在、千鳥ヶ淵とその東にある牛ヶ淵は満々と水を湛え、巨大な水瓶兼水堀として機能し始めている。

（まずは我が身を守るんだという気持ちも、なくはなさそうだなァ）

自然災害に対しては万全に備えるが、敵に対しての備えは疎《おろそ》かにしている。

(これも惣無事令の御利益か？)

家康に自己防衛の気概はちゃんとあるが、惣無事令の世ということで、戦支《いくさ》度は後回しにしている——つまり、そういうことだろうか。

「こちらへどうぞ」

と、以前見た覚えのある顔に誘われて、草木が少なく殺風景な中庭に面した広縁を、二人前後して歩いた。

(こいつ、名は確か……そうそう、取次方の土井甚三郎だがね)

耳を捻《ひね》り上げた小姓である。今は忘れたような顔をしているが、茂兵衛を見たとき右目の下がピクピクと痙攣《けいれん》していた。

(恨んでるのか、怯えてるのか知らねェが、頭のええ奴は因果な性格してやがるからなァ。油断がならねェわ)

記憶力に自信のない茂兵衛などは、怒りや恨みもいつの間にか綺麗に忘れているのが常だ。そこは気楽でいいのだが、世の中には執念深い奴がいることを、忘れてはなるまい。いつ何時、意趣返しをされるか分からない。

「あの……」

土井の背後を歩きながら、恐る恐る声をかけた。

「は？」

驚いたように足を止め、振り返った。その目は、やはり怯えている。

「先日はついカッとなり、大層な不躾《ぶしつけ》を致しました。なにせ無学無教養な野人、何卒ご容赦のほどをお願い致しまする」

と、丁寧に頭を下げた。すると土井は、

「や、もう忘れ申した。さ、参りましょう」

前を向いてスタスタと歩きだしたのだ。この件は思い出したくもないようだ。背後から見て、土井が首筋に大汗をかいているのは、夏の暑さのせいばかりではあるまい。

（一応の筋は通したんだら。これで忘れてくれるとも思えんが、ちったァ恨みの虫が治まってくれるとええがなァ）

なぞと考えながら、土井の後に続いて進んだ。ちなみに、この土井甚三郎、諱《いみな》は利勝《としかつ》というそうな。

九戸《くのへ》政実《まさざね》——初めて聞く名だった。

陸奥国《むつのくに》は九戸城の主《あるじ》らしい。南部信直麾下《なんぶのぶなおきか》の有力な一門衆だそうな。

「その政実が、昨年の秋に行われた秀吉公による奥州仕置に異を唱えてな」

「ほうほう」

と、説明してくれた正信に頷いた。仮御殿内の家康の書院である。家康と茂兵衛の他には、太刀《たち》持ちの小姓、軍師である本多正信がいるだけだ。

(人払いしての、小ぢんまりとした相談はいかんわ。俺に厄介なお役目が振られるときはいつもこうだがね)

と、身構えたのだが、ま、警戒したところで「やれ」と言われれば「やる」しかないのが宮仕えの辛さである。

「この三月、南部公に対し謀反《むほん》を起こし、現在は根拠地の九戸城に立て籠っとるそうだがや」

「ほうほう」

(三月から？　ひい、ふう、みい……もう三ヶ月《みつき》籠城しとるのか。頑張るのう)

秀吉は「奥州仕置への異議は、惣無事令秩序に対する反逆」と捉え、六万人規模の再仕置軍が陸奥国へ派遣されることと相なった。もちろん、徳川家にも参陣が求められている。

「九戸討つべしとの大号令が、本日聚楽第《じゅらくだい》から発せられる予定なんだわ」

聚楽第は、秀吉の京《きょう》における根拠地、政庁兼住まいである。

「ほうほう」

正信に頷きながら横目で家康を窺った。爪を噛み、少し苛ついている。

(なんだら？　どうした？　御機嫌斜めかよ？　やだなァ)

「徳川家には、六月二十日に大号令を出す旨、前もって報せがあったんだわ」

「ほうほう」

「おまんは、梟《ふくろう》かッ！」

横から家康が介入し、己が膝を扇子《せんす》で叩いて吼《ほ》えた。

「も、もうしわけございません」

と、慌てて平伏した。以前から茂兵衛には、物を考えながら人の話を聞くと、相槌で「ほうほう」を連発する癖がある。毎度家康から「梟かッ」と叱られるので「ほうほう」を続けないように「はあはあ」とか「なるほど」とか、色々とまぜて相槌を打っていたのだが、今回は話に集中し過ぎてつい「ほうほう」を連発してしまった。

「まったく……しっかりせェよ」

と、家康が舌打ちしたので「もう、そろそろ大丈夫か」と恐る恐る顔を上げた。静かな書院に、冷ややかな沈黙が流れた。

「そこでな」

黙り込んでしまった家康に代わり、正信が話を再開した。

「おまんと鉄砲百人組に、再仕置軍に加わって欲しいと思うて呼び出したのよ。最終的には殿も御出馬されることにはなるのだろうが、まず先鋒隊として、上方勢に合流して欲しい」

「陸奥国まで参るのですか？」

「九戸と申す土地じゃ。なんぞ不都合でもあるか？」

「や、お役目とあれば、もちろん、喜んで」

「ほうかい」

茂兵衛に頷いてから、正信は家康を見た。家康が頷き返し、話を引き取った。

「そうゆうことだがや。御苦労だが陸奥国まで行ってくれや」

「ははッ」

（ああ、よかったァ。へへへ、大して難しい役目ではねェや。なんだか心配して損したなァ）

思ったより楽そうな仕事でホッとした。六万人の大軍勢の後方について行き、鉄砲を景気よくパンパンと撃って、武功は他所様に譲りつつ、身を慎んで大人しく帰ってくれれば、それで終わりだ。奥州の冬は雪が深く、寒いのだろうが、今は夏であり、そこも不安はない。田舎大名のそのまた家来が起こした謀反を、天下の精鋭六万人で制圧するのだ。鎧袖一触《がいしゅういっしょく》であろう。

「鉄砲百人組は、出陣可能か？」

「江戸から九戸までは、いかほどございましょうや」

「大体、百五十里（約六百キロ）」

横から正信が答えた。

茂兵衛は必死で暗算した。遠征準備で一番手間がかかるのは兵糧の確保だ。茂兵衛の鉄砲百人組は総勢三百余である。ざっくり一日に七十二貫（約二百七十キロ）の米が必要だ。味噌だ塩だと勘定に入れれば、大体日に七十六貫（約二百八十五キロ）の重量を消費するだろう。行程が百五十里（約六百キロ）なら、日に五里（約二十キロ）進んで三十日。峠越えや雨での増水、道の泥濘化を考えれば、早くても四十日と見ておくべきだ。片道分だけでも七十六石（約十一トン）の小荷駄となる。

（七十六石か……）

馴染の商人の顔が幾人か浮かんだ。

「十日も頂ければ」

「今日が二十日か……六月の内に出発せい、できるか？」

家康が穏やかな目で茂兵衛を見つめた。準備に「十日」と聞いて、安心したようだ。

「御意ッ」

「先鋒の総大将は万千代《まんちよ》だら」

「ああ、拾遺《しゅうい》様……」

「嫌か？」

「いえいえ、滅相な。むしろ御一緒するのが楽しみにございまする」

万千代——井伊直政である。所領十二万石は家臣中最大の版図だ。官位も、家臣最高位の従五位下侍従《じゅごいげじじゅう》。侍従の唐名が拾遺なのである。武田家遺臣を家臣団の基幹に据え、赤備えで着飾らせた。いわゆる「井伊の赤備え」である。

茂兵衛とは、小田原《おだわら》征伐の折、緒戦の山中城《やまなかじょう》攻めで共に戦った。偉ぶったところがなく、聡明で勇敢な武将だ。平八郎や小平太のような灰汁《あく》の強さもなく、酒井忠次や大久保忠世の腹黒さもない。極めて付き合い易い、信頼のおける男である。

「平八郎や小平太を野放しにしては、先頭に立ってみちのくの衆を皆殺しにしかねん。やり過ぎるのが怖い。よって、ワシが後から連れていく。左衛門尉《さえもんのじょう》（酒井）はヨボヨボだし、七郎右衛門（忠世）は信用が置けん。あとは、円満な万千代しかおらんのよ」

家康が溜息混じりに人材不足を嘆いた。しかし、他家と較べれば贅沢《ぜいたく》な悩みであり、家康自身、そのことを誰よりも弁《わきま》えているはずだ。

直政に打診すると、彼の意向としては「植田茂兵衛がええです」と言ったそうな。箱根《はこね》の山中城攻撃時、被弾しても頑張る直政に同情し、飲ませた熊胆《ゆうたん》が縁で、気に入られたのかも知れない。

「拾遺様は大歓迎なのですが、ただ……」

茂兵衛が呟《つぶや》いた。

「ただ？」

家康に睨みつけられた。かなり怖い。

「こう言ってはなんですが、たかが田舎のお大名の一家臣が起こした謀反でございましょう。天下の再仕置軍が押し寄せるほどのことなのでしょうか？」

率直な感想であった。

「よおゆうた。所詮は南部家内の騒動だら。信直殿が収めれば済む話だわな」

「御意ッ」

「それが、色々とあるんだわ」

正信が、横から話に割って入った。

まず、秀吉としては、東北全体に広がる「奥州仕置への不満」が、九戸城の反乱を機に、一挙に噴出することを恐れているものと思われた。さらに九戸一族には、五千人からの動員力があり、兵は剽悍《ひょうかん》、南部家の最精鋭部隊であるそうな。なかなか手強く、信直の方から秀吉に援軍要請を出したそうだ。

「ほう、五千人……」

一万石当たり二百五十人の動員が可能とすれば、二十万石相当の兵力である。南部家の家臣が二十万石の領主とは考え難いから、多分、地侍や農民が自発的に参陣しているのだろう。

「事実『九戸政実、起《た》つ』との報せに勇気づけられ、葛西大崎《かさいおおさき》一揆、仙北《せんぼく》一揆、和賀稗貫《わがひえぬき》一揆などが勢いを増しつつある」

葛西晴信《はるのぶ》、大崎義隆《よしたか》、和賀義忠《よしただ》、稗貫広忠《ひろただ》はすべて、小田原へ参陣しなかったことを叱責され、改易された武将たちである。仙北一揆は、太閤検地への不満が高じた国人一揆だ。これは氷山の一角に過ぎないだろう。もし、九戸政実が、再仕置軍を破るようなことがあれば、みちのくを挙げての大反乱ともなりかねない。再仕置軍は、圧倒的な武力で完勝せねばならない。秀吉の武威を見せつけねばならないのだ。

一罰百戒。謀反は断固として殲滅《せんめつ》する――との秀吉の強い意志を示す好機と判断したのだろう。

「それにな」

家康が顔を寄せ、声を潜めた。

二

その夜の内に茂兵衛は、配下の寄騎と小頭《こがしら》を全員自邸へと集めた。寄騎衆は、木戸辰蔵が抜けたため、筆頭寄騎の横山《よこやま》左馬之助以下六人、小頭は、戦闘員たる足軽小頭が二十人、小荷駄担当の小頭が三人の計二十三人である。

茂兵衛の配下の武士は総勢二十九人、寄騎の欠員が一だ。この場合、足軽は武士の勘定に入れていない。

「そらもう、補充は是非必要です」

左馬之助が声を張った。辰蔵は次席寄騎だった。彼の抜けた穴は大きいのだ。鉄砲百人組の頭領は間違いなく茂兵衛だが、大まかな方向性——どこに放列を敷き、いつ発砲するか——を命じるだけで、それを実行に移すのは、寄騎たちの役目である。特に、筆頭寄騎と次席寄騎は相呼応しながら任務を遂行する、いわば車の両輪、相棒だ。

「辰の穴を埋めるとなると、新米寄騎とゆうわけにもいかんなァ」

辰蔵は今年四十六歳である。鉄砲隊の指揮も長く、年季が入っており、頼りになったのだ。

「御意ッ。その通りにございまする」

左馬之助は必死である。実は、辰蔵の一つ下にいた三番寄騎の浜田大吾《はまだだいご》があまり期待できないのだ。人柄は悪くないし、阿呆でもないのだが、実戦経験に乏しく、ここ一番で頼りにならない。浜田を次席寄騎に昇進させ、自分と組ませるのは「勘弁して欲しい」と左馬之助の顔に書いてある。

「左馬之助、おまん、誰ぞあてがあるのか?」

「さて、鉄砲百人組の寄騎になりたい者は数多《あまた》おれど、務まる者はなかなか」

「だよなァ」

（我慢して大吾を育てるか、野郎は今年の正月で二十三歳かァ。伸びしろがどれほどあるのか……ねェのか。やっぱし他を当たるか……これから陸奥国で戦だからなァ。どうするかなァ）

と、悩みながらも一応は、命令を下さねばならない。

「左馬之助は大吾を連れて、米七十二石（約十・八トン）、塩、味噌、干菜を諸々合わせて八石（約一・二トン）、五日の内に集めろ」

「お頭、現在は夏の盛りですぞ」

左馬之助が困惑の色を浮かべた。

「秋の収穫まで一番米の少ない時季ですがな」

「知ってるよ。だからなんだ?」

「や、ま……はい、委細承知」

不承不承に頷いた。これでいい。左馬之助と大吾を組ませてみて、どうしても左馬之助が「こいつは駄目」と判断するなら、やはり次席寄騎は他から調達しよう。でも「なんとかなりそう」なら、大吾を次席に昇格させればいい。左馬之助と大吾は数年来同じ隊にいるが、二人だけで組んで仕事をするのはたぶん初めてだろう。相棒として改めて眺めれば「案外、大吾も捨てたものではない」と感じるかも知れない。まったく使えないことがバレるのかも知れないが。

翌朝、茂兵衛は小六と従僕を一人連れて道三堀《どうさんぼり》へと出向いた。江戸城の大手門にも近く、江戸最初の町とも言われる本町《ほんちょう》、それぞれの商人が集住した四日市《よっかいち》町《ちょう》、材木町《ざいもくちょう》、船町《ふなちょう》、果ては花街の柳町《やなぎちょう》までが、道三堀沿いに新しく作られていた。今や江戸一番の繁華街である。

道三堀を掘削した土砂は、主に平川河口の湿地や日比谷《ひびや》入江の埋め立てにも使われたが、一部は堀傍に堆《うずたか》く積まれ、誰でも自由に使うことができた。庶民はこの土砂で、己が土地に盛り土をした。江戸の町全体が少しでも「高くなるように」「住みやすくなるように」との、徳川家の配慮である。

ちなみに道三堀は、長さが十町（約千九十メートル）、幅二十間（約三十六メートル）、深さは八尺（約二・四メートル）あり、かなりの大型船が航行可能であった。

掘削工事は今も続いていた。半蔵も言っていたが「平川の流れを変えて」いるのだ。東西に走る道三堀の中ほどに、十文字に交錯して水路を南北に延ばしつつある。完成の暁には、この水路に平川の流れを導き、人家の少ない江戸前島《まえじま》の中ほどに新たな河口を作る目論見だと聞いた。平川の氾濫《はんらん》を撲滅せねば、江戸の町の発展は望めまい。

「川の流れを変えちまうんだから、殿様も意外に気宇壮大《きうそうだい》だねェ」

道三堀にかかる銭瓶橋《ぜにがめばし》を北へと渡りながら茂兵衛が呑気に呟いた。

「気宇壮大って、なんです？」

小六が訊いた。

「知らん」

「知らんって、伯父上は意味も御存知ない言葉をお使いになるのですか？」

「それは……」

さすがに顔が赤くなった。取り繕おうと、必死に意味を考えてみた。

「き、気組みが大きいなァとか、そうゆう誉め言葉だがね」

「な、なるほど」

小六も立場上「本当ですかァ？」とも言えない。伯父と甥の間に、気まずい沈默が流れた。

「嗚呼、木の香りがええなァ。まるで森の中を歩いてるようだがね」

場を和まそうと、茂兵衛が唐突に呟いた。武家屋敷も商家も、どこも新築だから、杉や檜《ひのき》の香りが江戸の町に満ち満ちていたのは事実である。

「ね、伯父上、ほら、湯屋ですって」

小六が指す方を見れば「伊勢与市之洗湯風呂《いせのよいちのあらいゆふろ》」との幟《のぼり》が立っている。この時代の「風呂」は蒸し風呂を指し、「湯」は桶に湯を溜めて浸かった。伊勢の与市という商人が起業し、大人気となった洗湯風呂は、後者だったようだ。

「永楽銭一文（約百円）で入れるのかァ、安いですよね。帰りに寄って行きませんか？」

「たァけ。百人組は今月中に出陣だがや。のんびり湯なんぞに浸かってるのがバレたら、切腹もんだがや」

「そ、そらいけませんな」

「それに、もう『伯父上』は止めとけ。これからはお役目なんだから、ちゃんとお頭と呼ばんかい」

「はい。気をつけます、お頭……」

今度は小六が、赤面しながら頭《こうべ》を垂れた。

「お頭、なにを悠長なことを、ゆうておられるんですかい？」

自邸の書院で、大久保彦左衛門《ひこざえもん》が笑った。髭《ひげ》など蓄えて、もう立派な足軽大将である。

「悠長かなァ」

茂兵衛が、己が月代《さかやき》の辺りを叩いて首を傾げた。最前から小六も一緒に、彦左と歓談している。

「だって惣無事令なんぞ、今や有名無実ですがね」

「そうなの？」

道三堀にかかる銭瓶橋を渡り、少し北上した場所に彦左は屋敷を構えていた。彼は現在、兄大久保忠世の下から離れ、徳川宗家の直臣となり、長柄槍《ながえやり》隊を率いている。お頭である彦左の屋敷を囲むようにして寄騎衆の組屋敷や、足軽たちの長屋が立ち並んでいた。

「昨年の十月に始まった葛西大崎一揆、蒲生氏郷と伊達政宗が協力して鎮圧しつつあるのですが、妙な噂が流れておるのですわ」

「どんな噂や？」

と、顔を近づけ声を絞った。彦左は今年三十一歳になった。顔を寄せると小皺《こじわ》が多少目につく。

「葛西晴信と大崎義隆の旧臣衆を煽って一揆を起こさせたのは、伊達政宗本人なんだそうですわ。自分で火を点けて、自分で消しにかかってやがる……政宗、大した悪党ですがね」

「まさかァ。そこまでやるかァ？」

茂兵衛は冷笑したが、彦左は真剣なようだ。

「政宗は大坂城《おおさかじょう》だか、聚楽第だかに呼び出され、秀吉から直に詰問を受けたそうですわ」

「ほう」

あながち、根も葉もない噂話ではなさそうだ。

この事件は、複数の伊達家家臣からの密告で表沙汰になった。証拠として、一揆側に与えた政宗の指令書までが提出されたという。動かぬ証拠があり、政宗は絶体絶命の窮地に陥ったのだが——

「このような仕儀もあろうかと、手前が認《したた》めましたる書状には、すべて花押《かおう》に描かれた鶺鴒《せきれい》の目に、小さく針で穴を開けてございます。何卒、御確認のほどを」

そう反論を試みたのだ。

秀吉が調べさせたところ、今まで秀吉に差し出された政宗の書状には、すべてそのような穴が開けてあったらしい。対して今回の証拠の書状には、穴が認められなかったことから、秀吉は政宗の反論を是《ぜ》とし、嫌疑を解いたというのだ。

「へえ、つまり密告した家臣どもが、大嘘つきの不忠者だったたってわけかい」

「や、それも分かりませんぜ」

穏当な問題のない書状の花押には、すべて針で穴を開けておき、後々言い訳が必要になりそうな手紙を書いたときにだけ「穴を開けないようにしていた」のかも知れない。

「か、賢いなァ」

横から小六が感嘆の声を上げた。

「現に、密告者たる伊達の家臣衆が、秀吉により首を刎《は》ねられたとかゆう話は、寡聞にして聞き申さん」

もし主人政宗を陥れようとしたことが認定されたなら、秀吉は密告家臣を不忠者として厳罰に処すはずだ。

秀吉も馬鹿ではない。政宗の反論に疑うべき点があったとしても、知らぬ顔、信じたような顔をしただけかも知れない。

「事を荒立て、今、伊達家までが反乱側に走られては堪《たま》らんからのう」

「左様ですわ」

ここで会話は途切れた。茂兵衛は頭の中で、一連の事実を総括してみた。そして出た結論とは――

「なんだよ……少なくとも奥州の地は、惣無事令どころではねェなァ。あちこちで火種が燻《くすぶ》っとるがね」

「しかり、しかり」

(糞ッ。やっぱり危ない現場だわ。殿様が俺を、楽なところに配置するはずがねェものなァ)

と、しょげた。

(だけど……それだけ俺と鉄砲百人組のことを買って下さってるってことだろうし、ま、ええか。頑張ろう)

茂兵衛が、彦左の屋敷を訪れたのは、旧交を温め、親しく雑談するためではなかった。ちゃんとした訪問理由があったのだ。

「ええ人材ですか？」

彦左が、困ったように己が首筋を叩いた。

「ほうだがや。木戸辰蔵の穴を埋める次席寄騎が必要だら」

三番寄騎の浜田大吾の処遇は未定だが、いい人材がいれば是非欲しい。辰蔵は、茂兵衛の百人組に来るまでは小諸城《こもろじょう》にいたから、彦左は彼の実力をよく知っている。その後釜となれば、生半可な男は推薦できないだろう。

「なかなかねェ。それこそ、俺の組でも欲しいぐらいですわ」

天正《てんしょう》十三年（一五八五）の上田《うえだ》合戦以降、天正十八年（一五九〇）の小田原征伐まで、五年の間、徳川家には比較的平和な時代が続いた。結果、戦場経験に乏しい若者が増えてきている。足軽各隊で寄騎を務める下級武士の人材は、明白に枯渇していた。

「不躾だが、貴公は幾つだら？」

彦左が小六に訊いた。

「十九にございまする」

いつもはヘラヘラしている小六だが、長柄隊の足軽大将の前では、しゃんと背筋を伸ばして答えた。年は若いが、十五の頃からもう五年近く鉄砲隊の寄騎を務めており、おおむね信頼が置ける。

「ね、お頭、結局は育てるってことでしょう。人材ってのはさ」

自分自身が「お頭」になった今でも、彦左は茂兵衛のことを「お頭」と呼ぶ。ひねくれ者だった自分を、一端《いっぱし》の武人に育ててくれた茂兵衛への敬意だろう。

「そらそうなんだけどよォ」

と、言い淀んだ。

武人を育てるのは、やはり戦場である。戦場に立たせておけば、自ずと若者は兵《つわもの》に育ってくれる。戦のない時代に、武人を育成することが難しいのは事実だ。ただ、それを口にすることは、物頭《ものがしら》としての責任逃れのような気がしないでもない。理想を言えば、平和な時代においても有事を忘れず、厳しくかつ愛情を持って教育し、武人を養成するのが茂兵衛や彦左の仕事のはずなのだ。

「それに鉄砲隊の寄騎は特殊だから」

「ああ、それもあるがや」

彦左は「心にかけておきます」と言ってくれたが、あまり期待は持てそうにない。「みちのくから戻ったら飲もうや」と言い残し、早々に退散した。

三

天正十九年（一五九一）六月二十九日（新暦の八月十八日）。朝の五つ（午前八時頃）、本日も残暑は厳しくなるぞと、早朝から蟬《せみ》たちがやかましく鳴き交わしている。左馬之助の頑張りにより、ようやく兵糧が間に合い、鉄砲百人組はみちのくへ向け出陣することになった。

百人の鉄砲隊に、槍隊と弓隊が合わせて百人、支援の小荷駄隊が百人、指揮を執る侍が二十九人――総勢三百二十九人が江戸城西門（搦手門《からめてもん》）前の往還に整列し、お頭である植田茂兵衛様の御出馬を待っていた。

「では、行って参る」

茂兵衛は玄関式台から立ち上がり、襟を摘まんで陣羽織の乱れを直した。着込んだ当世具足《とうせいぐそく》の草摺《くさずり》がガチャリと鳴った。

「御武運を……」

玄関の次の間に控えた腰巻打掛姿の寿美が平伏すると、留守番の武士や奉公人、侍女団などが一斉に平伏した。ところが、皆が頭を下げる中、そのままの姿勢でいる綾乃一人が悪目立ちしている。恨みがましい目で茂兵衛をジッと睨んでいる。

「あのォ……」

茂兵衛は困惑した。実は昨夜、家族三人の間でひと悶着《もんちゃく》あったのだ。

綾乃が「惣無事令で戦はなくなった」はずなのに「どうして出陣するのか」と茂兵衛に詰め寄ったのだ。茂兵衛は「これが最後だから」と言い訳したが、娘は納得せずに「嘘つき」と父親を罵《ののし》ったものだから、寿美が綾乃の頬を叩き、綾乃は号泣、茂兵衛は只々周章狼狽《しゅうしょうろうばい》した。その重苦しい空気が、未だ屋敷内に漂っている。

「綾乃！　これから父上様は戦場に赴かれるのです」

仏頂面《ぶっちょうづら》の娘を、寿美が厳しく諭した。

「今生の別れになるやも知れぬゆえ、御挨拶だけはちゃんとしておきなさい。後々後悔しますよ！」

（な、なんちゅう験糞《げんくそ》の悪いことを……）

苛つく茂兵衛をよそに、寿美が続けた。

「お前が不機嫌な顔をして見送ると、父上はそのことを気に病んで、鬱々《うつうつ》と考え込んでしまわれる。敵の弾なぞとゆうものは、そうゆう後ろ向きな考えの者に好んで命中するものなのです。本当にそうゆうものなのですよ！　もし父上に無事で帰ってきて欲しかったら、明るく元気よく見送って差し上げなさい！」

綾乃は母を睨んでいたが、やがて茂兵衛に向き直り、勢いよく両手を頭上へと差し上げた。

「もへえ、御武運を！」

と、引き攣《つ》った仏頂面で叫ぶと、屋敷の奥にパタパタと駆け込んでしまった。

「相すみません。後からちゃんとゆうて聞かせますゆえに」

「あまり厳しく叱ってはならんぞ。多感な年ごろゆえ、ほどほどにな」

「はあ？」

見る間に、寿美の柳眉《りゅうび》が逆立った。瞬間、茂兵衛は己が失言を悔いたが、もう手遅れだ。

「大体、貴方様がそんな風だから、あの娘が増長して……」

「あ、や、その」

ここは退鐘《ひきがね》だ。退却だ。逃げだすしかない。ただ「自分の家から逃げだす」というのも「なんだかなァ」と感じた。

「寿美、俺はもう行かねばならねェ。留守を頼んだ。ハハハ……こらァ、富士之介ッ！　おまん、しゃんとせんかァ！」

「ははッ」

古参の郎党は素直に頭を下げた。無論、富士之介に落ち度はない。しゃんとしていた。この叱責はとばっちりである。八つ当たりだ。富士之介はそのことに気付いていたが、己が主人の怒りは一過性のものであり、決して不条理に尾を引かないことも、長い付き合いの彼はよく承知していた。

今回の出征に、茂兵衛は七人の植田家奉公人を同道することにした。騎馬武者が清水富士之介と稲場《は》三十郎の二人、徒士《かち》武者が仲沖仁吉《なかおきじんきち》以下二人、若い従僕が三人だ。三千石を食む茂兵衛の軍役は、七十五人ほどにもなる。ただ現下の茂兵衛の役目は、家康の鉄砲隊の指揮を執ることだ。その本務をちゃんと果たす限り、本来の軍役は免除されていた。同道する七人の奉公人は、「鉄砲隊指揮官として役目を果たすのに必要な人員」との位置づけである。その七人を従え、門を出て仁王に跨《またが》った。

（ふう、参った……ま、仕様がねェわなァ）

愛馬仁王の鞍上《あんじょう》は、数少ない茂兵衛の安住の地になっていた。

往還には三町（約三百二十七メートル）に亘り足軽や駄馬などが整列し、お頭の登場を待っていた。

（ここは景気付けで派手に行くか……）

と、隊列の最後尾で仁王の鐙《あぶみ》を蹴り、居並ぶ百人隊を追い越して、一気に先頭を目指した。

カカッ、カカッ、カカッ。

仁王が駆け抜けると、隊列からは男たちの野太い歓声が上がった。

「お頭ァ！」

「植田茂兵衛様ッ！」

ある者は拳を振り上げ、ある者は甲冑《かっちゅう》の胸を叩いて飛び跳ねている。

その熱狂は、疾駆する仁王を追うように、最後尾から先頭へ向けて、波のように伝わった。小頭たちが「黙っとれェ」「口を閉じろ」と怒鳴っているが、熱狂は止まない。

百人組は軍隊であり、赴く先は戦地である。江戸を一歩出れば、そこにあるのは死だ。自分を死地に追いやる指揮官の登場に、彼らが熱狂するのは何故だろうか。無学な足軽たちには、ひょっとして己が将来に対する想像力が欠落しているのかも知れない。

（や、そうではねェ）

仁王の鞍上で茂兵衛は考えた。

（こいつら、むしろ死ぬのが怖《こえ》ェからこそ、俺を頼りにしとるんだわ）

茂兵衛が鉄砲隊を率いるようになったのは天正四年（一五七六）からである。もう十五年だ。その間、負け戦の折を含めて、茂兵衛が配下に無謀な命令を下したことはない。手柄はそこそこでも、戦死者の数は少ないのが茂兵衛隊の特質である。そのことを足軽たちはよく知っているのだ。

「このお頭について行けば家に帰れる」

「このお頭は、無茶な下知はしねェから」

その信頼感が、この歓声と熱狂に表れている——と見るべきなのだろう。茂兵衛の責任たるや重大である。

（十歳の娘一人、満足に扱えねェ俺が、三百人からの命を預かるのか……大丈夫かよ）

「どうッ。どう」

手綱を引いて仁王の足を止めた。

先頭に並ぶ二十人の槍足軽たちは全員、背中の合当理《がったり》に三葉葵を染めた幟旗を挿していた。この二十人は、特に体格のよい者を集めている。甲冑もピカピカの新品揃いだ。強そうな二十人が隊列の先頭を歩けば、敵を威圧できるし、徳川の武威も自ずと高まろう。

大柄な槍足軽二十人の傍らに、騎馬武者が六騎整列していた。

横山左馬之助以下の寄騎衆である。浜田大吾は、なんとかギリギリで左馬之助の眼鏡に適い、次席寄騎へと昇格した。植田小六も四番寄騎に昇進している。辰蔵の穴はそのまま欠員とし、今回の遠征を通じて、誰か気の利いた小頭の中から選ぼうということになったのだ。小頭なら隊務に通じているし、茂兵衛たちも人柄を掌握できている。内部昇格となれば、他の小頭たちにも希望を与えるだろう。さらに「部下は育てるもの」との彦左の言葉も、茂兵衛の頭には残っていた。

茂兵衛は、順に寄騎衆を眺めた後、左馬之助に頷いてみせた。頷き返した筆頭寄騎が大音声《だいおんじょう》を張り上げた。

「鉄砲百人組、前へェ!」

奥州再仕置軍の集結地である四十八里(約百九十二キロ)先の白河関《しらかわのせき》を目指

して、鉄砲百人組が静々と進み出した。

隊列は堀に沿って北上し、田安口と千鳥ヶ淵を右に見て上州街道《じょうしゅうかいどう》へと分け入った。茂兵衛は仁王を進めながら、昨夜、暇乞《いとまご》いに伺候《しこう》した折の、家康の言葉を思い出していた。

「ゆわれたからには、兵は出すさ。でもな、これはいわば、秀吉の都合による、秀吉のための戦よ」

揺れる灯台の炎の中、家康が声を潜めた。

「徳川は、本気で戦ってはならん。茂兵衛、ほどほどにやれ」

「ほどほどに？」

「ほうだがや」

と、家康がさらに声を潜め、身を乗り出した。

「表面上はせいぜい働いとるように見せかけて、その実はなにもするな。ヒヒヒ、茂兵衛、おまんの得意な役回りだろうがね、へへへ」

「空砲を撃つのもええぞ。鬨《とき》の声だけは元気よくな」

傍らから本多正信が合いの手を入れた。

茂兵衛は「城を攻めても、城は落とすな」と無茶苦茶な命令を受けた小田原征討時の韮山城《にらやまじょう》攻めを思い出した。

「その旨、拾遺様（井伊直政）も御了解されておられるのでしょうか？」

「どの旨や？」

「その……戦で手抜きをせェとかゆう」

「や、まだ話してはおらん。おまんからゆうてくれ」

家康は面倒臭そうに言って、さらに続けた。

「おまんに、万千代宛の書状を託す。そこに仔細は認めておくから安心せェ」

「ははッ」

と、平伏した。

秀吉の天下を固めるために「徳川がみちのくの諸氏から恨まれるのでは、間尺に合わぬ」との理屈が分からぬではない。昨年の秋、拙速に処置された奥州仕置は不評である。東北の人士から大きな不満を買った。その怒りの矛先を、徳川が引き受けるのは「得策ではない」と家康は考えているのだろう。

ただ、秀吉勢に対してはやる気を見せながらも、実際には手加減し、あまり東北人を追い込まない。徳川が嫌われないようにする。その力加減はなかなかに難しそうだ。茂兵衛自身は兎も角、武田旧臣の人心掌握に汲々《きゅうきゅう》としている井伊直政は、果たしてどのように受け取るのだろうか。「空砲を撃て」なぞと、赤具足を着込んだやる気満々の武田武士たちに命じられるのだろうか。

面倒で厄介な仕事になりそうだが、主命とあらば是非もない。

「数日後にはワシも本隊を率い、白河に向けて発《た》つ予定だが、秀吉は葛西大崎一揆の仕置をワシに委ねるつもりらしいわ」

「ほお……」

現在東北における二大巨頭は伊達政宗と蒲生氏郷である。氏郷は、葛西大崎一揆の黒幕が政宗だと確信しており、現在の両者は犬猿の仲だ。件《くだん》の鶺鴒の目の密書を入手し、秀吉に届けたのも氏郷である。氏郷三十六歳に対して、政宗は二十五歳だ。

「悪辣なるガキに舐《な》められては、デウス様と秀吉公に顔向けができん」

と、温厚な氏郷も怒髪天を衝いている。ちなみに、デウス様云々でも明らかなように、氏郷はゴリゴリの切支丹《きりしたん》であった。

葛西大崎一揆鎮圧後の仕置を犬猿の仲の両者に委ねるわけにはいかず、さりとて会津《あいづ》九十一万石の氏郷と米沢《よねざわ》七十二万石の政宗を、調停できる者など東北にはいない。そこで「関東二百五十万石の家康が間に入るしかあるまい」と秀吉は判断したようである。

「だからよォ。ワシはひょっとしたら、九戸には行けんと思うのよ。まだ分からんが白河止まりかも知れんのォ……葛西大崎一揆は多賀城《たがじょう》だったかな？」

「一関《いちのせき》にござる」

正信が答えた。

「いずれにせよ、九戸に行けるとは限らん。ワシ抜きでも、おまんと万千代で、上手いことやってみてくれや」

そう言って、家康は、ニヤリと笑ったのだった。

四

「お頭」

新任次席寄騎の浜田大吾が馬を寄せてきた。

「横山様が、物見を歩かせるか否か、お頭の下知を受けて来いと」

物見を歩かせるとは、行軍する本隊の前方と後方、それぞれ四半里（約一キロ）に、槍足軽の組を哨戒させることを意味する。待ち伏せや背後からの奇襲に備える行軍時の心得だ。
「そこは、おまんと左馬之助の判断に任す。左馬之助と話し合って決めろや」

「御意ッ」

と、会釈して馬首を巡らし、駆け去った。

大吾は中肉中背、年齢は二十三歳。上田合戦の直後に大久保家の鉄砲隊に入り、その後百人組の寄騎となった。鉄砲隊勤務歴は都合六年ほどで、小六より少し先輩だ。命じればそれなりに動くし、仕事も手堅い。人柄も悪くはない。ただ、左馬之助が物足りなく感じるゆえんは、実戦経験の乏しさと、もう一つ——

「大吾には、覇気が感じられません。もう少し貪欲に前に出るガツガツした感じが欲しいのですが、そこがどうも今一つ物足りません」

そう左馬之助は後輩を評した。

（覇気か……ガツガツねェ）

もちろん、左馬之助の危惧は理解できる。実戦となれば、敵が攻めてくる限り、三日でも四日でも寝ないで戦い続けねばならない。そういう極限状態に陥ったとき、槍や剣の腕前、知恵のあるなしはさほどに重要でなくなる。ものを言うのは気力だ。それこそ「覇気やガツガツとした貪欲さ」の有無で勝敗や生き死には決まる。これは否定できない事実だ。

徳川家の人々が「枕を高くして寝られる」ようになったのは、やはり天正十年（一五八二）に武田家を滅ぼして以降だろう。信長が死んでも（ま、伊賀《いが》越えは相当危なかったが）、北条と揉めても、秀吉と戦っても、徳川家自体に力がついており、総大将の家康は周到で強《したた》か、「そうそう簡単には滅びない」と自他ともに認める存在となったのである。

今年二十三歳の大吾にしても、十九歳になった小六にしても、元服する頃にはもう「ここで負けたら、徳川は滅びる」「無一文に帰する」というような痺れるような戦は知らないはずだ。そんな呑気な育ちの若者たちに「覇気」とか「前に出ろ」とか「ガツガツ」とかを期待する方が無理な気もする。

昨夜、家康の前を辞した茂兵衛を、後からトコトコとついて来た正信が呼び止め、茂兵衛の耳に口を寄せて囁《ささや》いたものだ。

「みちのくの衆から憎まれたくない。仲良く付き合いたいと殿様は仰せだったが、あれにはもう少し深い意味もあるのよ。それはな……」

万が一、豊臣と徳川が戦うことになった場合の布石であるというのだ。

「我らは秀吉と戦うべく江戸を発って西へ向かうわな。でも、その背後を突かれては戦にならんがね」

「確かに」

現状ならば、豊臣方は蒲生氏郷を大将に据え、佐竹や宇都宮、真田らが同盟を組み、徳川の背後を牽制するだろう。

「でもな。もしも氏郷や佐竹や宇都宮を、更にその背後から伊達やみちのくの諸将が突いたらどうなる？」

「氏郷たちは動けませんな」

「ほうだがや。かくてワシらは秀吉との戦に専念できるとゆうわけだがね」

「なるほど」

と、いったん頷いてから、茂兵衛は根源的かつ原初的な質問を軍師に投げてみた。

「我ら徳川が、豊臣と戦う場合もあると、佐渡守《さどのかみ》様はお考えなのですか？」

天下人と、天下第二位の大大名との直接対決だ。もう小牧長久手戦《こまきながくてのいくさ》の比ではあるまい。間違いなく、天下分け目の大決戦となる。

「そら、なくはねェだろうよ」

「ほう」

「おまん、秀吉の弟の秀長が、この一月に死んだのを知っとるか」

「ああ、大和大納言《だいなごん》様ですね……薨去《こうきょ》されたと伺いました」

服部半蔵から、薨去の数日後に聞いた。

死んだ大納言秀長は、秀吉の実弟である。穏やかな上に思慮深い性質で、性格的には正反対の兄秀吉とも上手く付き合った。攻めの兄と守りの弟、仕事が迅速な兄と慎重に動く弟、熱血漢の兄と冷静沈着な弟——豊臣家はこの兄弟を車の両輪として成長してきたのだ。その秀長が病死した。

「さらに、二月二十八日には千利休《せんのりきゅう》が腹を切らされとる」

言わずと知れた茶道の宗匠《そうしょう》である。文化面だけでなく、政治的にも大きな発言力を持っていた。

「秀長の死と利休の死、二つがどう繋がりますのか？」

「秀長と利休は政治的に近かったのよ。二人して秀吉の暴走を内側から抑えとったわけさ」

「なるほど、なるほど」

もともと秀吉は、穏健派かつ文治派である利休を疎《うと》ましく思っていた。秀長がいる間は、秀吉も弟に遠慮して黙っていたが、その弟が死ぬと、秀吉の箍《たが》が外れて、利休は腹を切らされた。秀長の死後わずか二ヶ月のことである。

「死んだのは二人だが、頭目二人を失った豊臣家内の文治派は徐々に力を失うだろう。あの家は武断派が牛耳《ぎゅうじ》るようになる。徳川との戦もやぶさかではねェと考えるやも知れんわな」

「合点が参りました」

韮山城外で幾度が衝突した福島正則《ふくしままさのり》の、人の倍もある肩幅と灰汁の強い喋《しゃべ》り方が茂兵衛の脳裏を過《よぎ》った。

（あの手の輩《やから》が、豊臣家を牛耳るのか……）

福島正則、蜂須賀家政《はちすかいえまさ》、前野長康《まえのながやす》らは、明らかに戦と血に飢えていた。まさに左馬之助がいう「覇気があって、貪欲に前に出てガツガツしている」乱世の申し子たちだ。秀吉恩顧の武将たちが、むしろ惣無事令を疎ましく感じていたとは皮肉な話だが、もし彼らが本当に実権を握るとすれば、豊臣と徳川の開戦もなくはない。

（殿様が、北条氏規様の秀吉に対する遺恨の有無を質されたのは、これが理由だ

ったんだわなァ）

いざ開戦となれば、平八郎も言っていたように北条の遺臣たちを糾合せねばならないだろう。その折には氏規の秀吉への遺恨は、重要な要素となるに違いない。

「ここまでの話はええとして……もう一つだけ、伺わせて下され」

と、茂兵衛が右手の人差指を立ててみせた。

「なんだら？」

正信が苦笑した。いつになく食い下がる茂兵衛に、当惑している様子だ。

「秀吉との戦を視野に入れておいでなら、何故、西への備えがかくも脆弱《ぜいじゃく》なのでございましょうか？」

「小田原城と七郎右衛門（大久保忠世）殿では不足か？」

「そうは申しませんが、大久保家は四万石、兵力は千五百にも届きませぬ。十万石級の御大身《ごたいしん》を皆北への備えに回しており、やはり西は手薄だと言わざるを得ません」

「や、だからこそ、ワシが鎌倉《かまくら》におるのよ」

「はあ……」

正信は一万石だ。兵力はせいぜい二百五十人ほど。本拠地の玉縄城《たまなわじょう》もさほどの堅城とは言い難い。いかに正信が知将でも、秀吉の大軍への備えとしては頼りない。

「それでも納得できんのなら、空城の計とでもゆうておくさ」

空城の計――魏晋《ぎしん》南北朝時代、蜀《しょく》は魏に野戦で敗れた。魏の大軍が城に迫る。蜀の軍師、諸葛孔明《しょかつこうめい》は城の内外を掃き清めさせた上で城門を開き、兵を隠し、自らは楼台に上り琴を奏でた。追ってきた魏の将軍、司馬仲達《しばちゅうたつ》は「孔明の罠に相違ない」と警戒し、兵を退いたそうな。

西への守りをこれ見よがしに怠る徳川に対し、むしろ秀吉は警戒し「攻めてこないだろう」というのだ。

「そんな、一か八かのような……」

戦は賭け事ではなかろう。

「佐渡守様、家族や朋輩《ほうばい》にも口外しませぬゆえ、どうか御本心をお明かし下され」

「困ったのう……」

と、軍師は少し考えていたが、やがて口を開いた。

「確実なことが一つある。今、秀吉が我らを攻めることはねェ。絶対にねェ」

「なぜ、絶対と言い切れますのか？」

「理由はゆえん。でも、攻めてこねェ」

正信はそう断言し、茂兵衛を睨んだ。その目は「もう、訊いてくれるな」と懇願しているようだ。

「最前『みちのくの衆に恨まれるな』との御下命を受け申した。でもそれは、徳川と豊臣の開戦を前提としておられたはずです。お話には矛盾がございます」

「なるほど……では、言い替えよう。ここ数年は開戦はねェ。秀吉は攻めてこねェ。しかし、その後は分からん。だから、今の内からみちのくの衆との誼《よしみ》を切らすなと申しておる。これでええか？」

「……奥歯に物が挟まったような」

「おまん、大明国《だいみんこく》と朝鮮《ちようせん》を……」

「え？」

「いやいやいや、申すまい。あまりに話がデカすぎて、おまん、眠れんようになるぞ」

「はあ……」

「だからさ」

と、正信が茂兵衛の両肩にポンと両手を置いた。

「茂兵衛、おまんはみちのくのことだけ考えて行動せェ。あまり陸奥や出羽《でわ》の衆から憎まれず、さりとて過怠を秀吉勢に見抜かれず。ええな」

「ははッ」

と、頭を下げつつ、心中で苦虫を嚙み潰していた。

（最近は惣無事令下で戦の数が減っとる。戦国の古強者《ふるつわもの》たちは、今回のみちのく征討が「最後の戦やも知れん」といきり立っとるはずや）

戦がなくなれば、武勲を挙げ、褒賞に与《あずか》る機会が減る。加増や出世の機会がなくなるということだ。最後の戦となれば、それこそガツガツして、茂兵衛が命じても手加減などしてくれないのではないか。

（それこそ、井伊家の元武田武士たちは、やる気満々で出陣して来るだろうさ。俺のところより、井伊様の方が大変だがね）

その一方で、植田小六や浜田大吾のような「乱世に疎い、のんびりした若者たち」も増えていた。彼らには経験とやる気が欠けている。

（こりゃあ、ガツガツした爺様たちと、淡白な若衆たちのせめぎ合いの戦場にな

るやも知れんのう）

茂兵衛が家康の命令を守り「みちのくの衆から徳川が恨まれんよう手加減せェ」と指示したとしても、爺様たちは命令を無視して暴れまくるだろうし、若衆たちは手加減のし過ぎで、秀吉勢からやる気のなさを見透かされそうだ。どちらが勝っても、家康の命令に反することになる。

（随分と采配の具合が難しそうだわ）

と、薄暗い仮御殿の廊下を歩きながら、深く嘆息を漏らした。

五

江戸から宇都宮までは二十八里（約百十二キロ）ある。

残暑こそ厳しいが、幸い晩夏の好天に恵まれ、七日目の午前中には宇都宮城下へ到着した。

宇都宮——往時から北関東最大の町であった。城の西には大芦川《おおあしがわ》と黒川《くろかわ》が、東には鬼怒川《きぬがわ》が北から南へと流れ、その背後には阿武隈《あぶくま》山地や足尾《あしお》の山並みが望まれた。平地が広がり、茂兵衛が住む新開地で騒然とした江戸なんぞに較べると、よほど開けて落ち着いた印象だ。領主は宇都宮氏、もともとは宇都宮二荒山神社《ふたあらやまじんじゃ》の神官が出自であるそうな。当代国綱《くにつな》は下野《しもつけ》宇都宮家の二十二代目、同氏は四百年に亘ってこの地に盤踞《ばんきょ》している。

宇都宮で、箕輪《みのわ》の新領地から二千七百人を率いてくる井伊直政隊と合流することになっていた。井伊隊は少し遅れているようで、鉄砲百人組は宇都宮城の外で露営することにした。二十八里を踏破した足軽たちの骨休めには丁度いい。

「どうだい、次席寄騎殿の具合はよ？」

茂兵衛が左馬之助に訊いた。陽が落ちて、天幕内で二人酒を楽しんでいる。

「どうって……そりゃ、一生懸命やっとりますがね。問題ないですわ」

左馬之助が吐き捨てるように言って、荒々しく土器《かわらけ》をグイッと空けた。

（なんだ、不満タラタラじゃねェか……やっぱ辰蔵の代わりは、大吾にはちいと荷が重かったかなァ）

「大吾はまだ若い。おまんが仕込んだらええがね」

「そりゃそうなんですけど……どうにもね」

筆頭寄騎は嘆息を漏らし、俯《うつむ》き、やがて言葉を継いだ。

「野郎の道楽、御存知ですか？」

「や、知らん」

「馬手差《めてざ》しの蒐集《しゅうしゅう》ですわ」

馬手差し――鎧通《よろいどお》しのことだ。右腰（馬手）に佩《お》びるところからそう呼ばれる。刀身七寸（約二十一センチ）ほどの短刀で、身幅が狭く、重ねが極端に分厚い。格闘戦の折、錐《きり》のように突き、鎧を貫き通す得物だ。

「あんなもの集めてどうする？」

「や、眺めて楽しむんだそうですわ」

「ふ〜ん。よお分からん」

鎧通しの中には、刀身や鞘《さや》に意匠を凝らしたものも多い。書画骨董に限らず、武具得物にも美術的な価値があることも知ってはいる。しかし、茂兵衛や左馬之助のような実戦型の戦国武士にとっては、あくまでも己が命を託す道具だ。見映えよりも切れ味、刺し味、握り心地こそが大事。数多蒐集し、夜な夜な愛《め》でる美術品ではないのである。

「ま、幸か不幸か、今後我らは戦場に赴く。大吾の奴も幾度か命の遣り取りをすれば、鎧通しの見え方も変わってくるのではねェかなァ。人は、置かれた境遇によって、それなりに形作られるものよ」

「まあね。そうだとええのですがねェ」

と応じて、また土器を呷《あお》った。無論、左馬之助のことは信頼している。だが、彼の現在の知行はわずか三百石だ。茂兵衛の十分の一。徳川直臣の士分としては最下層と言ってもいいだろう。相棒の辰蔵は（片腕と引き換えではあったが）、大幅な加増を受けた。「自分も手柄を挙げて」との思いがないはずはない。左馬之助が配下のやる気不足に、強く不満を感じているのは、そのことと無関係ではないのかも知れない。

禄高十二万石の井伊家の動員力は三千人前後だ。その内の二千七百人を率いてみちのくまで遠征するというのだから、直政の熱の入れようは凄まじい。

（あまり前のめりで来られても困るのだが……直政公は実直な方だからなァ。どう説明しようか、嫌だなァ。困ったなァ）

生真面目な直政に「戦っている振りだけして、適当に流しておけ」なぞと言ったら激怒するのではあるまいか。

（殿様、それが分かっとるから、自分でゆわずに、俺に伝えさせたんではねェのかなァ。この書状に、ちゃんと書いてあるんだろうなァ）

と、家康から預かった直政宛の書状を見つめた。もちろん、中は見ていない。

家康は家臣から嫌われることを極端に恐れる。祖父も父親も家臣に殺されており、そのことが影響していると茂兵衛は睨んでいた。三河者に対する信頼と不信、二律背反の思いが家康の不可思議な性格の源泉ではないのか。ま、境遇に同情はするのだが、家臣が嫌がりそうな命令を下す場合など、今までにも茂兵衛は幾度か当て馬として使われてきた。

「ワシは望んでおらんのだが、茂兵衛がどうしてもとゆうんだわ」

「ワシの意見ではねェが、茂兵衛が勧めるからのう」

との体裁を無理矢理作ろうとする。これは傍迷惑だ。殿様の悪癖だ。

（大体よォ。俺がゆうたからって、殿様が考えを変えるなんてことが一度でもあったか？　あるわけがねェわ）

足軽から三千石の身分へと引き上げてくれたことには感謝しているし、決して家康のことが嫌いではないのだが——主人に対し、言いたいことが百万もある茂兵衛であった。

二日後の七月八日、井伊隊が宇都宮に到着した。

「茂兵衛、遅れた。相すまん」

朱塗りの甲冑姿の直政が、申しわけなさそうに詫びた。

確かに遅れた方が悪いのだが、禄高十二万石の太守が、知行三千石の領主に頭を下げるのである。この辺の偉ぶったところのなさが、直政の人気が高い理由であろう。若い頃は相当な美男だった。その秀麗な容貌をクシャクシャにして笑うので、誰もが好感を持つ。

まずは、家康からの書状を渡した。直政は、その場で開封して読み始めた。

読み終わると顔を上げ、茂兵衛に微笑《ほほえ》みかけた。

「殿もお元気そうでなにより」

「あの……拾遺様？」

「ん？」

「いかなる内容のお手紙でしたか？」

「ま、普通だなァ。お役目を頑張れと、手柄を立てろと、それだけだわ」

「あ、なるほど」

（殿様、やっぱし「手抜き」のことは書いてねェんだわ。俺に丸投げされるおつもりだわ）

と、臍《ほぞ》を嚙んだ。

次に、二人して宇都宮二荒山神社に詣でた。

比高七丈（約二十一メートル）ほどの明神山《みようじんやま》の頂に立つ古社《こしゃ》だ。ここではかつて、藤原秀郷《ふじわらのひでさと》、八幡太郎義家《はちまんたろうよしいえ》、源 頼朝《みなもとのよりとも》などが戦勝祈願をしている。祭神は豊城入彦命《とよきいりひこのみこと》で、下野国の一の宮だ。

「拾遺様は、なにを祈られましたか？」

拝殿から下がると、茂兵衛は直政に尋ねた。

「知れたことよ。今般の憎《にっく》き謀反人を殲滅せんことを祈願したわ」

「な、なるほど」

（おいおいおいおい……井伊の大将やる気満々じゃねェか）

「茂兵衛、おんしは何を祈った？」

「それは、あの……も、申し上げられませぬ」

本当は、神仏に祈願どころではなかった。頭の中は、いかに上手く「家康の本心を直政に伝えるか」で精一杯だったのだ。

「ハハハ、なんだとォ」

直政が歩みを止め、茂兵衛に笑顔で振り向いた。どうやら「申し上げられませぬ」を冗談だと受け取ってくれたようだ。この善良さ、人柄の良さはありがたい。

「水臭いなァ。箱根山で共に死にかけた仲ではねェか……ええから、ゆうてみい」

(死にかけたのはあんたさんだけですわ)

箱根で直政は肩に被弾したが、それでもめげずに指揮を執り続けた。人柄が良いだけではない。戦場では兵の先頭に立って、鬼のように働く男なのだ。だからこそ人望は高いが、怪我も絶えない。

と、心中でブツブツと言い返した。

「実は、ですな……」

ここで茂兵衛はしばし熟考した。家康の言葉を過不足なく伝えねばならない。言い方や伝える順番を間違えると直政は怒り出す危険性がある。嘘は駄目だが、多少の誇張や付け足しなら許されるだろう。

「江戸を発つ直前、それがし殿様から大層叱られ申した」

「なにをしでかした？」

「それが、今の拾遺様と同じことを申し上げただけで……謀反人を殲滅して参りますと」

「それで叱られたのか？」

驚いたような、怪訝《けげん》そうな顔をした。

「御意ッ」

「謀反の鎮圧に出陣する武将が『謀反人を殲滅する』とゆうて何が悪い？」

「そこですがな……」

と、声を潜めて直政に一歩近づいた。直政は緋色《ひいろ》の陣羽織、茂兵衛は件の白い陣羽織姿である。並ぶと紅白でまことに縁起がいい。

「殿様は『やり過ぎるな』と」

「やり過ぎるな、だと？」

「御意ッ。殿が仰《おつしや》るには……謀反人の九戸何某《なにがし》は憎いが、所詮は南部家郎党の造反。田舎の小さな戦なのだから、徳川家が目くじらを立てる必要はないと。殲滅とか、根絶やしとか、皆殺しにするのは『やり過ぎだ』と叱られ申した」

「つまり『手加減せえ』とゆうことか？」

「手加減とゆうてしまえば語弊もござろうが……『ほどほどにやってこい』とのお言葉を頂戴してございます」

「どうせェとゆわれるのか？　今一つ、殿様の御真意が見えんが」

不満げに口を尖らせた。直政は今年三十二歳だが、まるで童のように見える。

(俺の話し方が分かり難いんだよなァ。井伊様を怒らすまいと思うあまり、話がまどろっこしくなってるわ)

「みちのくは関東の隣人ゆえ、あまり深い恨みを買いたくないとも仰せでした。謀反が起き、困ってらっしゃる南部公を『隣人としてお助けする』ほどの心持ちで臨まれてはいかがでございましょうか？」

「なるほど。御近所付き合いは大事ゆえ、みちのくの衆をそうそう酷《むご》く扱うな……そおゆうことかな？」

「御意ッ」

家康から受けた下命はここまでだ。この後に正信からの下命が続くのだが、内容が「徳川と豊臣が戦う場合に備えて」とか「潜在的に、蒲生氏郷は敵で、伊達政宗が味方だ」とか、微妙かつ繊細な話となるので、ここは後回しにすることにした。

「ただなァ」

直政が、不安げに声を潜めた。

「ワシの家臣どもは、戦国最後の戦で大功を挙げるんだと、やる気満々だぞ。手加減のようなことができるかなァ」

「お察し致しまする」

と、ここは頭だけを下げておいた。いきり立つ元武田武士団の制御は、茂兵衛の職分ではない。

翌朝に宇都宮を発って、東山道《とうさんどう》を二十里（約八十キロ）北上し、四日後には白河関へと入った。東山道――古《いにしえ》の五畿七道《ごきしちどう》の一つであり、近江国《おうみのくに》の大津《おおつ》から陸奥国の多賀城まで、内陸の各国府《こくふ》を繋いで延びていた。

山間《やまあい》の道が延々と続き、やや開けたと思ったら、二万を超す男たちが屯《たむろ》していた。軍馬の嘶《いなな》き、雑兵たちの下卑た笑い声が周囲を囲む山々に木霊していた。米を煮る焚火《たきび》の煙が無数に立ち上っている。これぞ、従二位《じゅにい》権中納言《ごんのちゅうなごん》、豊臣秀次《ひでつぐ》が率いる奥州再仕置軍の本隊だ。

「あの土饅頭みてェな山が、白河関かい？」

南北に三町（約三百二十七メートル）、東西に二町（約二百十八メートル）、比高七丈（約二十一メートル）ほどの小山に、往年の白河関所はあったらしい。今はひっそりと祠《ほこら》が立っているだけだ。

「いよいよ、ここから先はみちのくだわなァ」

「今年の正月は駿府《すんぷ》で迎えたのに、とんでもねェ地の果てまで来ちまったがね」

足軽たちの会話が茂兵衛の耳にも入ってきた。

(おいおいおい、大丈夫かァ? 白河関《こ》から九戸城まで、まだまだ百里以上もあるぞ)

以逸待労《いいつたいろう》との言葉もある。

(長々と歩かせてよォ。再仕置軍がヘトヘトになったところを討とうって腹じゃあるめェなァ。だとしたら、九戸政実とやら、なかなかの策士だがね)

確かに実感として、随分と北へきた印象がある。

天正十九年(一五九一)七月十三日は、新暦に直すと八月三十一日だ。今朝、この夏初めて「肌寒い」と感じた。まだ夏の終わりである。宇都宮も相当清々しかったが、白河は一段と冷涼だ。これが、もう百里北上する九戸は、どれほど寒いのだろうか。

(冬の到来も早そうだら。長陣はできんがね。雪が降れば、俺らは退かざるを得ねェ)

九戸城がいかほどの堅城か知らないが、もし攻城に手こずるようなら、雪が降り出しかねない。そうなると雪国の兵に分がある。

（早く出発した方がええのに……）

と、茂兵衛は焦《じ》れたが、結局、秀次が再仕置軍を動かしたのは三日後だった。

天正十九年（一五九一）七月十六日、秀次がついに号令を発し、再仕置軍は白河関を発ち、九戸城を目指すことになった。

白河関から九戸城までは百里（約四百キロ）ある。大軍が不慣れな道を進むとして、最速でも二十日余はかかる。そろそろ秋の長雨の季節だ。雨が降れば道は泥濘と化し、河川の増水にも往生する。なんやかんやで旅程は倍もかかるだろう。九戸城を囲むのは八月の中旬以降となりそうだ。

無論、総勢六万人の再仕置軍が同一行動をとったわけではない。白河口からは、総大将豊臣秀次指揮の二万人余が侵攻した。徳川家康の名代として井伊直政隊、茂兵衛の鉄砲百人組が名を連ねている。

この本隊の他にも、相馬《そうま》口からは石田三成《いしだみつなり》、佐竹義重《よししげ》、宇都宮国綱が、仙北口からは上杉景勝《うえすぎかげかつ》、大谷吉継《おおたによしつぐ》が、津軽《つがる》口からは前田利家《まえだとしいえ》・利長《としなが》父子が、それぞれ九戸城を目指した。

ちなみに、伊達政宗は、和賀稗貫一揆を六月の内に鎮圧し、現在は葛西大崎一揆の討伐に励んでいる。昨年十月にはすでに鎮圧されている仙北一揆を含めた最終的な仕置は、政宗の手には委ねず、家康が担当することになる。政宗は、豊臣政権から徹底的に危険視されていた。

郡山《こおりやま》では、会津から来た蒲生氏郷と若狭国《わかさのくに》小浜《おばま》から遥々遠征してきた浅野長《あさのなが》政《まさ》が本隊と合流し、秀次の本隊は三万の大軍へと膨れ上がった。蒲生家の対《むか》い鶴《つる》、浅野家の違《ちが》い鷹羽《たかのは》の家紋を染めた幟が、五七桐《ごしちきり》の幟と共にみちのくの古道を北へ北へと進む。

九戸城までは、残り九十五里（約三百八十キロ）だ。

第四章　みちのくの意地、秀次の面目

一

天正《てんしょう》十九年（一五九一）八月二十三日、秀次が率いる再仕置軍本隊は、九戸《くのへ》城《じょう》まで三里（約十二キロ）の地点に迫っていた。

そうは言っても三万の大軍が、平糠川《ひらぬかがわ》や馬淵川《まべちがわ》に沿って延びる山間《やまあい》の狭い道を進むのである。縦に細長く伸びきった隊列は隙だらけで、常に左右の山に身を隠す九戸側の伏兵に悩まされていた。

陽が暮れての野営時などは恐怖そのものだ。死を覚悟の剽悍《ひょうかん》な男たちが五人、十人の少人数で鉄砲を撃ちかけ、サッと逃げる。背後から見張りの兵に忍び寄り、喉をかき切り、天幕に放火して逃げる。馬に毒矢を射込んで逃げる。手に負えない。追手をかけても無駄だ。地形を知り尽くした地元の侍衆を捕まえることなどできない。

「陽が落ちる前に、見通しをよくしておけ。野営地周辺の草を刈り取れ」

茂兵衛は浜田大吾に命じた。

百人組は、小鳥谷《こずや》という集落で野営することにした。方陣を敷き、無防備な荷駄隊と馬を陣地の中に囲い込んだ。周辺の草を広く刈り取り、銃口を闇に向け、松明《たいまつ》を煌々《こうこう》と焚《た》いていれば、さしもの九戸武者も忍び寄れないだろう。

ダンダンダン。ダンダンダン。

夜の四つ（午後十時頃）、耳をつんざく斉射音が、すぐ近くで沸き起こった。

「今のはなんだら？　報告せェ」

仮眠《ろうばい》をとっていた茂兵衛は飛び起きた。しばらくすると小六が駆けてきた。相当狼狽している。

「ど、同士討ちです。蒲生隊の足軽三人が平糠川に水を汲《く》みにきていたらしく」

百人組のすぐ前、北方に蒲生氏郷隊が露営をしている。

「符丁《ふちょう》はどうした？」

今宵は下弦の月で、夜半まで月明りは期待できない。夜襲を恐れる総大将の秀次は、各隊に合言葉を徹底させていた。

「今夜の符丁は『笠置山《かさぎやま》』のはずです。それが『浅黄山《あさぎやま》』とかゆうたらしく、小《こ》頭《がしら》の判断で撃ちました」

(笠置山と浅黄山……「か」と「あ」の一字違いだがね。聞き違いか、言い違いか、勘違いか……同士討ちかよ、参ったなァ)

「大体、こんなところまで水を汲みに来る方がいかんのですわ」

小六が憤った。

「どうして蒲生隊だと分かったのか?」

「三人できて、二人は死にましたが、一人は生きていて蒲生隊だと申しました」

「今も生きておるのか? 傷は重いのか?」

「や、無傷です。弾は当たっておりません」

「な……」

近距離で十発撃って、三人の内一人は無傷——これが実戦でなくてよかった。

「おまん、名は?」

仲間の死に怯えている足軽を睨みつけた。若者の瞳が揺れているのは、篝火《かがりび》の炎が揺れるせいばかりではあるまい。

「へいッ。左近衛少将《さこんえのしょうしょう》（蒲生氏郷）様の足軽、奥野市松《おくのいちまつ》と申しまする」

「市松よ、今宵の符丁はなにか？」

「あ、浅黄山にございまする」

「アサギヤマとゆうたか？」

「御意ッ」

「間違いないな？」

「小頭から、そう伝えられました」

よかった。これなら蒲生氏郷に対して言い訳が立つだろう。

「よし、この者を連れて蒲生様に会ってくる」

と、茂兵衛は立ち上がった。


「仔細は分かり申した」

自陣の天幕の中、床几《しょうぎ》に腰かけた蒲生氏郷が、憤懣遣《ふんまんや》るかたなしといった風情で渋々頷いた。

「明らかに当方の手落ち……徳川家に対しては遺恨も不満もござらん」

「御理解頂き、かたじけのうございまする」

同じく床几に座った茂兵衛も、取りあえず頭だけは深々と下げておくことにした。氏郷が道理の分かる男でよかった。穏やかで知的な印象には好感が持てる。これがもし、福島正則のような無茶苦茶な奴だったら面倒なことになっていたはずだ。ちなみに今回、福島や加藤清正《かとうきよまさ》、蜂須賀家政などの西国に領地を持つ大名衆は遠征を免除されている。

「誰もが伏兵の夜襲に怯えておる。そのような中で符丁を間違えれば、撃たれても仕方あるまいよ」

「なかなか」

氏郷に好感は持ったが、他家との交渉事だ。この場合、少しでも落ち度を認める言葉は厳禁なので、意味不明な返事をかえしておいた。

「植田殿、この右手奥……北東へ四半里（約一キロ）と少しの場所に姉帯《あねたい》、そのさらに奥には根反《ねそり》とゆう山城がござってな。我らを襲う伏兵はそこから出張ってきておる。ただ、明日にも討ち平らげますゆえ、御放念頂きたい」

「及ばずながら我らもお手伝いさせて頂きまする」

「左様か、その折は宜しくな……ときに、植田殿？」

と、床几から身を乗り出してきた。口元は微笑《ほほえ》んでいるが、目は厳しい。大事なことでも話したそうな顔だ。

「貴公、切支丹《きりしたん》をどう思われる？」

「はあ？」

他家の武将と信仰の話などしたことがないので驚いた。氏郷は熱心な切支丹だと聞いている。

「どう思うもなにも……なにかの折には、一応ナンマンダブと唱えまする」

「それはそれで素晴らしいことやが……切支丹もなかなか宜しゅうござるぞ」

「はあ……」

（おいおいおい、俺を口説く気ではなかろうなァ。異国の宗派になんぞ興味はねェし、殿様、平八郎様、寿美に彦左に辰蔵……俺の周囲は耶蘇《やそ》や伴天連《ばてれん》が大嫌いな連中ばかりだぜェ。勘弁して欲しいよなァ）

氏郷は、薄い小冊子を一冊、茂兵衛に手渡した。

「これは、ヤジロウと申す者が訳した……いわば切支丹の経典にござる」

「経典……」

「いやいや、お忙しい貴公に、なにも『読め』とは申さぬ。この書を懐に忍ばせておるだけで、武運長久白日昇天《ぶうんちょうきゅうはくじつしょうてん》が間違いなし」

「ほお……」

「敵の弾は逸れる。武勲は向こうからやってくる」

「つまり、切支丹の御札のようなものにござるか？」

「ここだけの話、本邦のそれの千倍は霊験あらたかにござる。ワシはこの書を手にして以降、戦《いくさ》は負け知らず。危ない目にすら遭った覚えがござらん」

「それは、それは」

氏郷は現在、会津《あいづ》九十一万石の太守である。今や東北最大の大大名に伸《の》し上がったのだ。その彼が言う「霊験あらたか」には妙な説得力があった。

「しかし、そのように貴重な品を、それがしが持ち去っては、亜将《あしょう》様の御武運に災いが生じませぬか？」

亜将は左近衛少将の唐名だ。

「大丈夫、ワシは数十冊も所蔵しておる。御懸念は無用じゃ」

氏郷がニヤリと笑ったその刹那――

ダンダンダン。ダンダンダンダンダン。

月のない夜の闇に、鉄砲の斉射音が轟《とどろ》いた。

チュ――――ン。

天幕を貫いた銃弾が、月代《さかやき》のすぐ上をかすめ飛び、茂兵衛は床几から転がり落ちた。

「敵襲ッ！　方々、敵襲にござるぞッ」

誰かが叫んだ。疑いようもない。九戸勢の奇襲だ。

「糞ッ。九戸の伏兵めッ！」

氏郷が立ち上がった。両目が爛々《らんらん》と光っている。氏郷と言えば、銀色に輝く鯰尾《なまずお》の変わり兜《かぶと》で有名だ。屹立《きつりつ》する長大な鯰尾形の烏帽子《えぼし》兜が、まるで巨大な一角獣の角のように見え、敵を威嚇した。今は兜こそ被っていないが、まさに悪鬼の形相である。人柄がいいだけの武将が、九十一万石の太守になれるわけがない。

ダンダンダンダン。ダンダンダン。

（ただ事じゃねェ。こりゃ、ガツンと攻めてきやがったんだわ）

「それがし、自陣へ戻りまする。御免ッ」

と、氏郷に会釈し、後も見ずに天幕を駆け出た。預かった鉄砲百人組が、敵の夜襲を受けているときに「お頭はいなかった」では済まない。完全に切腹ものである。

夜のことではあるし、茂兵衛は仲沖仁吉一人を連れて蒲生勢の露営地を訪れていた。その仁吉が、兜武者に馬乗りになられ、今まさに刺し殺されそうになっている。

「じ、仁吉ッ！」

ゴスッ。

腰の刀を抜く間もない。そのまま肩から兜武者に体当たりした。敵武者と二人、縺《もつ》れ合ってゴロゴロと転がった。自分が上になったところで、足を大きく広げて転がりを止め、敏速に這い上がって馬乗りになった。

（よし、もろうたァ）

左膝で、刀を持っている右の二の腕を押さえつけ、敵の左手を己が右手で摑み、自由な左手で面頬《めんぼお》をしていない顔を強《したた》か殴りつけた。

ガンッ。

籠手《こて》をはめた拳固で殴られると相当に効く。鼻孔から黒い血が止めどもなく流れ出した。中年の武士だ。茂兵衛や辰蔵と同世代だろう。

「おだずなよォ！　おめ、殺してけるぞォ」

陸奥《むつ》弁はよく分からなかったが、組み敷かれ殴られた敵が、まだ意気軒昂《いきけんこう》なことはよく伝わった。

（上等だわ。殺してみろや）

負けん気が起こり、首を絞めにいった茂兵衛の左手に、兜武者が嚙みついてきた。

「イテテテテテテ……仁吉、刺せ！　助太刀《すけだち》せいや！」

「ははッ」

嚙まれた左手を振り解き、また、殴りつけた。

ガンッ。ガンッ。ガンッ。

幾度も殴るが、血塗れの顔で「殺してける」を連発して力が衰えない。怒気と憎悪を含んだ目で下から睨みつけてくる。

「仁吉ッ、早う刺せ！」

「おめ、殺してけるぞォ」

と、目を剝《む》く。その執念というか、怨念というか、少し怖くなってきた。

殴るのを止め、首を絞め上げた。

「死ねェ」

「グウウウウウウウ……ウゥ……」

やっと力が抜けてきた。しかし、油断はできない。根性のある相手だ。しばらくの間、全体重を左腕一本に乗せ、絞めに絞めていた。

グキッ。

例によって、喉の骨が折れたか、外れたかする手応えが伝わり、兜武者は完全に動きを止めた。

肩で荒い息をしながら、骸《むくろ》と化した敵からフラフラと身を離し、役立たずの仁吉に向き直った。

「こらァ仁吉、おまん、なぜ助太刀せんかったのかァ!」

怒鳴られた仁吉は、抜き身の刀を手に呆然と立ち、茂兵衛を見つめていた。その切っ先からは、夥《おびただ》しい血が滴《したた》り落ちている。

「さ、刺しました。三度、下腹を三度刺しましてございまする」

「え……」

殺したばかりの兜武者を振り返ってみた。口を開け、目を見開き、茂兵衛を睨んだまま往生を遂げている。この男は、仁吉によって下腹を三度深々と刺されていたのだ。それでも、力と気力が衰えることは微塵《みじん》もなかった。こんな敵は初めてだ。そら恐ろしい相手だ。

「首は獲らんでええ。さ、皆のところへ戻るぞ」

「御意ッ」

茂兵衛は腰の刀を抜き、百人組の陣地を目指して駆け出した。

陣地に戻ると、槍足軽二組、鉄砲足軽一組を、蒲生勢の助勢に向かわせた。左馬之助に浜田大吾をつけて指揮を執らせることにした。百人組の指揮は、茂兵衛自身が執ればいい。

「左馬之助」

「はッ」

「気をつけろ。九戸の奴らは本気だら。滅法強《つえ》ェぞ」

「承知ッ」

そう頷いて左馬之助は、足軽たちを率いて闇に消えた。

茂兵衛は、残った小六ら四人の寄騎たちを督励し、陣地の守りを固めた。ただ、もともと寡兵である敵が、兵力を分散し、改めて茂兵衛の陣地に攻め寄せてくるとは思えなかった。

（もう奇襲の効果もねェし、こっちが鉄砲隊だってことは先刻御存知だろう）

蒲生勢を襲っていくばくかの戦果を挙げれば、後は無理をせずサッサと城に引き揚げるに相違ないと予想した。

(あんな、刺しても突いても死なねェような敵とは、正直、やりたくねェわな)

茂兵衛の脳裏に、血刀を手に呆然と立ちつくす仁吉の顔が過った。

(殿様よォ。申しわけねェが、こんな奴ら相手に「手加減して戦う」「恨まれねェように手を抜く」なんぞ無理ですがね。殺《や》る気で殺らにゃあ、こっちが殺られちまう。ゆとりなんざねェわ)

茂兵衛の見立て通りで、四半刻(約三十分)ほどで銃声も剣戟《けんげき》の音も、怒声も悲鳴も一切聞こえなくなった。敵は引き揚げたか討ち取られたかしたようだ。

(ふう、退いたか……)

茂兵衛は大きく溜息を漏らし、緊張を解いた。

夜が明けると、この八月二十三日夜の奇襲により、蒲生隊に大きな損害が出ていることが判明した。短い戦闘の中で、多くの死傷者が出ていたのだ。

(ああ、これの御利益も大したこたァねェようだなァ)

昨夜、氏郷から渡された切支丹の経典を己が掌で弄びながら、苦く笑った。

(結局、戦をするのは人よ。神仏は主役じゃねェ。二の次だがや)

ここに九戸政実の乱は、事実上開戦した。

二

翌朝、茂兵衛と鉄砲百人組は、蒲生氏郷隊、井伊直政隊と共に、小鳥谷から平糠川に沿って六町（約六百五十四メートル）下り、馬淵川との合流点まで出た。

天正十九年（一五九一）八月二十四日は新暦に直せば、十月十一日に当たる。北《きた》上《かみ》山地の遠島山《とおじまやま》界隈を水源とする馬淵川の水温は低く、陽が上り暖められた空気との温度差で、薄く川霧が発生していた。ま、視界を遮《さえぎ》るほどのそれではないし、陽が高くなれば、霧は晴れそうだ。

馬淵川を四半里（約一キロ）ほど遡行《そこう》すると、蛇行部の崖の上に姉帯城が見えてきた。

「やはり、こちらからは攻められんのう」

大柄な青毛馬《くろうま》の鞍上《あんじょう》で、銀色に光る鯰尾兜《なまずおのかぶと》に、西洋風の肩掛け（マント）を小粋に羽織った蒲生氏郷が忌々しげに呟《つぶや》いた。

川面から切り立った岩壁が二十丈（約六十メートル）も屹立している。ここを上って攻め込むのは無謀というものだ。

「川を渡って左手より回り込んで攻めるか……右手背後の山の頂に取りつき、上から攻めるかでござろうなァ」

やはり馬上の井伊直政が、周囲の地形を読みながら応じた。城主姉帯兼興《かねおき》の居館は、さらに西方の尾根筋にあるらしいが、二百人の郎党と共に、現在見上げている崖の上の詰めの砦に籠っているという。少人数で籠城するなら、広い城より狭い山城に籠るのが心得である。姉帯兼興、多少は戦を知っているようだ。

直政は、金箔押しの大天衝脇立《おおてんつきわきだて》が際立つ朱色の兜を被っている。鯰尾の烏帽子兜姿の氏郷といい、なんとも仰々しい変わり兜だ。

派手な兜の二人の背後で大人しくしている茂兵衛は、家紋の「田」の一文字を前立に誂《あつら》えただけの地味な筋兜《すじかぶと》だ。

(戦が少なくなった分、目立たにゃならんのだろうかなァ。兜も立物《たてもの》も、随分と派手になったものよ。俺の頃は、目立つと鉄砲の的になるからと、地味に誂えたものだが……これも、時代の流れだわなァ)

ちなみに、蒲生氏郷といえば、黒漆掛けの燕尾形兜《えんびなりかぶと》が有名だが、実戦ではほとんど、この銀の鯰尾兜を使用していた。

「物見の者が申すには」

氏郷が直政に振り向いて言った。

「背後の山から城まで続く尾根筋には、大堀切《おおほりきり》が幾ヶ所も掘られてござる。攻めるなら左側の斜面一択でござろうが……相手もそこは承知で、鉄砲隊を揃え、待ち構えておるやろなァ」

温厚な氏郷の機嫌がすこぶる悪い。昨夜の奇襲で多くの死傷者を出したからだ。

さらに、総大将の秀次から油断を厳しく叱責され、面目を潰してしまった。

（また秀次公か……山中城《やまなかじょう》攻めでもそうだったが、あのお方は武功を焦るあまり、無茶な采配を振ろうとするからなァ）

小田原《おだわら》征討の緒戦となった箱根《はこね》の山中城攻撃で、秀次は大手門攻めを志願し、無謀な突撃を繰り返させた結果、家老の一柳直末《ひとつやなぎなおすえ》を討死させている。

（あんな大将に仕えるのは、さぞや苦労だろうぜ）

秀次の異常な攻撃性の原点は、七年前の天正十二年（一五八四）、小牧長久手《こまきながくて》の戦《いくさ》にある。榊原康政の奇襲を受け、叔父秀吉から預かった大軍を潰走させてしまったのだ。以来彼は、失った信頼と面目を回復するべく、猪突猛進型の無茶なとになるのだから世も末だ。その程度の男が、近々この国を秀吉に代わって治めることになるのだから世も末だ。

姉帯城が古色蒼然たる山城であることは確かだが、いざ攻めるとなれば話は別で、時代が移ろっても山城の攻略は厄介だ。しかも籠城しているのは、昨夜のように「腹を三度刺されても抵抗を止めない」九戸武士たちとくれば、この城、易々とは落とせまい。そうであるのに秀次は、氏郷に対し――

「よいか亜将、貴公は昨夜、奇襲を受けて多くの家臣を失った。失った名誉を挽回したくば、姉帯城を一日で落とせ」

と、厳命したらしい。氏郷が苛つきを募らせているゆえんである。

そもそも、氏郷は再仕置軍の実質的な総大将だ。形の上では秀次がおり、官位を較べれば前田利家が、一門衆という意味では浅野長政がいる。しかし、東北随一の大大名である点、信長期以来の赫々《かくかく》たる実績に鑑みるとき、最終的には六万余にもなる再仕置軍を指揮し束ね得るのは氏郷しかいない。その総大将が、姉帯のような路傍の小城を攻めること自体が異常なのである。夜襲を受け損害を出した氏郷と、己が名誉挽回のために敵の血を渇望する秀次、二人の意地により茂兵衛は今ここにいる。

「拾遺《しゅうい》殿（直政）、ワシがまず渡河するゆえ、貴公も続かれよ」

「ははッ」

「相すまぬが、植田殿」

「はッ」

「鉄砲隊を馬淵川の両岸に配置して下さらぬか。渡河の折に、姉帯勢の奇襲を受けるのが怖い」

それはいいのだが、主人家康の名代は直政だ。茂兵衛は直政をチラと窺った。

彼が小さく頷き返してくれたので、安心して氏郷に向き直った。

「御意ッ」

この手の建前は面倒だが、一応の筋目は通さねばなるまい。直政の面目を潰さぬための配慮だ。

（亜将様も調子がええわなァ。なにが「ワシがまず渡河する」だよ……最初に渡るのは俺の組じゃねェか）

元より、敵前上陸は最も危険が多い。心中で愚痴りながら百人組の元へと仁王《せ》を急かした。

「左馬之助、一之進《いちのしん》と槍組二十人を連れて馬淵川を渡れ。対岸に伏兵のないことを確認したら合図して報せろ」

「御意ッ」

小久保《こくぼ》一之進は、鉄砲百人組の若い五番寄騎である。小六の一つ下。昨年、遠《とお》江《とうみ》の草薙《くさなぎ》で奇襲を受けた折、物見を担当した若者だ。伏兵を発見できずに、結果として上役（辰蔵）に大怪我を負わせてしまった。以来、多少自信喪失気味であるが、物見の失敗は物見で取り返すしかない。茂兵衛は、できるだけ小久保を物見として起用するようにしている。

「大吾は鉄砲隊五十人を選び、渡河に備えて待機。対岸の無事が確認され次第、一斉に渡河しろ。対岸では、左馬之助の指揮下で奇襲に備えて放列を敷け。蒲生勢、井伊勢の渡河を援護せよ」

「ははッ」

「残りの鉄砲隊五十人と槍隊、弓隊はこちらの河岸に留まれ、俺が指揮する」

「御意ッ」

馬渕川の水量は、多からず少なからずだ。浅瀬を選べば、渡渉が可能である。左馬之助と小久保に率いられた槍隊が、水飛沫《みずしぶき》を上げながら果敢に川を渡り切った。

「伏兵は、おりませ――ん」

対岸から小久保が大声で報せた。

「よし、大吾、行け」

「鉄砲隊、前《まえ》へェ！　ワシに続けェ」

騎馬の浜田大吾に率いられた五十人の鉄砲隊が、得物を濡らさぬよう、鉄砲を頭上に差し上げながら秋口の冷たい川へと足を踏み入れた。

両岸に鉄砲の放列が敷かれ、安全が確保されると、蒲生勢と井伊勢が順次渡河を開始した。馬淵川の南岸に千五百人を残して本陣とし、北岸の平地に四千人が布陣して城攻めを受け持つ。そんな配置である。

井伊直政がやってきたので、茂兵衛は鉄砲隊の指揮を三番寄騎の赤羽仙蔵《あかばねせんぞう》に委ねて馬を直政に寄せた。ちなみに、赤羽仙蔵は足軽上がりの苦労人である。小牧長久手戦の直後に茂兵衛自ら小頭に抜擢した。茂兵衛より確か四つ若いはずだから今年四十一歳か。仕事はさほどにできないが、正直だし、朗らかで気のいい男で足軽たちからの支持が高い。

「拾遺様」

「おう、なんだ」

直政は早くも面頬と喉垂《たれ》を着用していた。戦場での怪我が滅法多い直政は、甲《かっ》冑《ちゅう》や兜、面頬を誰よりも早く着ける。けっして臆病な性質ではない。むしろ大名になった今でも、先頭に立って槍を振るうから、いつも怪我ばかりしているのだ。家康は「万千代、そんなことでは長生きできんがね」といつも直政の身を案じている。

（そんな真っ赤な戦装束で前に立って戦えば、敵の鉄砲隊は、狙って撃ってくるわなァ。そりゃ、怪我もするがね）

蒲生氏郷も派手な形《なり》で、いつも先頭に立って突っ込み、怪我ばかりしているそうな。日常における人柄の良さと、戦場における勇猛果敢さ——氏郷と直政、どこか似ている。

「少々内密なお話がございます」

と、馬上で声を潜めた。

「ゆうてみい」

「先日、宇都宮で殿様のお言葉をお伝え致しました」

「おう、みちのくの衆に恨まれるな。手加減して戦えとかゆわれたそうだな」

「御意ッ。ただ、現状を鑑みまするに、少々難しいのかな、と……」

「昨夜、亜将様の陣が奇襲され申したが、実はあの折、それがしも蒲生家の天幕内におったのでございます」

「ほお」

「ところが……」

茂兵衛は直政に、いかに九戸衆が本気かということを話した。

「ほう、腹を三度刺しても死なんか……そら、尋常ではないな」

さすがは武人である。「腹を三度」の話ですべてを理解したようだ。

「そもそも手加減などとゆうものは、彼我《ひが》の力量に大差があればこそ成立するもの。あんな本気の奴らに、手加減などもってのほか。下手をすると、こちらが大怪我を負いまするぞ」

「そこは分かる。で、どうする？　一応は殿の御下命も無下にはできんだろ」

みちのくの衆から徳川が恨みを買わぬよう、それでいて上方勢に過怠を悟らせぬよう、「上手く立ち回れ」と家康は命じたのだ。

「ど、どうしましょう？」

「たわけ。おんしはワシの寄騎であろうが。ちゃんと考えんか」

もともと直政は遠州《えんしゅう》の産だ。互いに気兼ねがなくなると、時折遠州訛《なま》りがでる。

「さ、左様でございますなァ」

そもそも「人選が間違っとる」と茂兵衛は家康を恨んだ。直政は円満な人柄と戦場における勇猛さで伸し上がってきた武将だ。決して知性派ではない。当然茂兵衛も槍働き一本でここまできている。そんな二人を組ませて、家康はどうしようというのだろう。

（頭で勝負する者がおらんがね。こうゆう雑な配置をするから殿は……もう）

しかし、茂兵衛は寄騎としての務めを果たさねばならない。非知性派なりに知恵を絞ってみた。

「一応、田畑や民家を焼いたりはせぬよう、女子供に手出しはせぬよう、物は盗まぬよう、通達でも出しまするか？」

「戦い方はどうする？」

「そこは精一杯に、正々堂々と戦いまする」

「ふ〜ん」

面頬の奥で直政の目が泳いでいる。ピンとこずに困惑しているようだ。

「さらに、言葉遣いを丁寧にさせまする。馬鹿とかたァけとか、糞とか死ねとか、乱暴な言葉遣いは戦場では厳禁……」

「分かった。もうええ」

盛んに首を捻《ひね》っている。直政が納得していないことは明らかだ。

「おんしの考えは……なんか、温《ぬる》いのう」

「あ、相すみません」

温い寄騎が、慌てて頭を下げた。

三

渡河を終え、姉帯城が立つ小山の西側山麓に、蒲生隊、井伊隊、茂兵衛組の計四千人が布陣した。見回せば、周囲は山が深い土地柄だが、馬淵川の湾曲部《わんきょくぶ》であるこの場所は河原が広く開けており、四千人ほどの軍勢の展開には打ってつけといえた。

「茂兵衛、貴公は山麓に放列を敷いてくれ」

氏郷が茂兵衛に命じた。いつの間にか「植田殿」が「茂兵衛」となっている。

「この西の斜面を中心に攻める。兵たちが上り始めたら、城から撃ち下ろしてくるやろから、こちらからも撃ち返し、牽制してくれ」

蒲生氏郷の出自は近江《おうみ》の国衆《くにしゅう》で、父の代までは六角《ろっかく》氏の重臣《おとな》であった。よって言葉には上方訛りがある。さらに家系を遡《さかのぼ》れば、平安期に大百足《おおむかで》や平将門《たいらのまさかど》を倒したことで知られる俵藤太《たわらとうた》こと藤原秀郷にまでたどり着く。名門の出だ。

「今回ワシは、鉄砲隊をあまり連れてきてはおらんのや。会津に置いてきた」

氏郷は、伊達政宗を警戒している。家老の蒲生郷安《さとやす》に鉄砲隊以下の主力を預けて会津に残し、政宗を牽制していた。

「斜面は十丈(約三十メートル)ほどでございましょうか。ただ、準備万端整えて待ち構えている風情にございまするなァ」

と、茂兵衛が答えた。落差も勾配も大したことはないが、丁寧に木々を伐採して禿山にしてある。斜面に取りつく攻め手側としては、遮蔽物がなく、土塁上からの鉄砲に撃たれ放題でやり難い。

「竹束のご準備は?」

「あるにはあるが、ほんの少しや」

氏郷が、悔しそうに唇を嚙んだ。この時代にも孟宗竹《もうそうちく》はあったが、まだ自生しているほどではなく、竹束は細い真竹《まだけ》で作らざるを得なかった。時間も労力もかかるし、第一、材料の確保が大変だ。

「ただ、城兵は多く見積もっても三百、少なくとも二百ほどか。こちらは四千やから二十倍じゃ……一押しで落とす。や、落とさねばならぬ」

氏郷は、両目に決意を漲《みなぎ》らせていた。口にこそ出さないが、秀次の叱責が実は堪《こた》えているのだろう。

茂兵衛は、百挺の鉄砲隊を二十挺ずつ五組に分け、一人ずつ寄騎に率いさせた。茂兵衛と左馬之助が余り、二人で全体を見る配置だ。

「ええか、我らの役目は、斜面を上る味方の徒士《かち》衆を援護することである。きちんと敵に当てんでもええ。大体でええから間断なく撃ち続けろ。俺らの弾が怖くて城兵が柵の狭間から顔を出せんようになれば、しめたものだわ。自ずとお味方の勝利が転がり込む」

訓練が行き届いている鉄砲百人組の展開は早かった。五つの組が二列横隊で放列を敷き、斜面上方に立ち並ぶ柵の根本に狙いを定めた。

「火蓋を切れェ」

寄騎たちの号令を各小頭が復唱し、カチカチカチと火蓋を前に押し出す音が河原に響いた。これで斉射の準備は整った。

軍馬の嘶《いなな》きが時折聞こえる程度で実に静かだ。

（ああ、戦の前の静けさか……なんだか、懐かしい気がするわ）

火縄の燃える臭いがプンと漂った。

その時だ。北東の方角から、鉄砲隊の斉射音が響いてきた。半里（約二キロ）離れた根反城を浅野長政隊が攻め始めたようだ。

馬上の茂兵衛は、振り返って、やはり馬上の氏郷を見た。大将が頷き返し、黙って采配を突き出した。

「左馬之助、斉射せェ」

小声で命じると、徒士の左馬之助は頷き、静寂を破る大声を張り上げた。

「鉄砲隊、放てェ！」

ドンドンドン。ドンドンドンドン。ドンドンドンドン。

一瞬、白煙が鉄砲隊の姿を覆い隠した。

斜面の上に並ぶ柵が、百挺分の銃弾を受けて一瞬身じろいだ。

「お―――ッ」

鬨《とき》の声というより、雄叫びを上げて、蒲生勢と井伊勢の徒士武者数千が斜面を駆け上がり始めた。

「大体でええ。柵の辺りに当たればええ。間断なく撃ち続けろ。城兵に頭を出させるな」

左馬之助が放列の後方をゆっくりと歩きながら、各組の指揮を執る寄騎衆に声掛けしている。

ドンドン。ドン。ドンドンドン。

斉射でこそないが、百人が代わる代わる撃つので、ほぼ間断なく撃てている。これでは城兵も、上ってくる寄せ手を撃退しようと、柵から顔を出す気にもなれないだろう。現に、姉帯城からは鉄砲の一発すら撃ってこない。

(なんだ、城兵は戦意喪失か？　これなら半日で落ちるわなァ)

戦わずして戦意喪失――昨夜の「腹を三回刺されても戦い続けた猛者《もさ》」との意識の差に違和感を覚えた。

(あいつ一人が、例外的に気の勝った男だったってことかァ)

「撃ち方止めェ」

傍らで歩みを止めた左馬之助が大声で命じた。普段は鉄砲隊の斉射にも動じない仁王が、慣れない大声に驚き、不満げに首を振った。

斜面の上、攻城側はもうすぐ柵に取りつこうとしている。同士討ちを避けるため、鉄砲隊は発砲を止めたのだ。

（ああ、もう終わりだなァ。あれだけの人数が城内に雪崩《なだ》れ込めば、数百の城兵では抵抗のしようもあるまいよ）

と、振り返って氏郷を窺った。

面頬を被っているので表情までは分からないが、体全体から喜悦が発散している。無礼な総大将の鼻を明かせてやれそうだ。

「秀次公の仰せに従い、姉帯城、一日で落としましてござる」

氏郷は、憎《にっく》き秀次にそう報告する自分を想像し、面頬の奥で高笑いしているはずだ。

（ハハハ、亜将様、よかったじゃねェか）

箱根の山中城攻めの頃から一緒にやっているが、過去の己が恥を雪《そそ》ぐべく、配下の者を死地へと追いやる秀次を、茂兵衛はどうしても好きになれない。

（恥を雪ぎたいならよォ。配下ではなく手前《てめ》ェが突っ込めって話だよなァ）

氏郷が秀次の鼻を明かしたのなら、茂兵衛としては、それはそれで――

ダンダンダンダン。ダンダンダン。

銃声が遠い。百人組の発砲音ではない――では敵か？　我に返った。

斜面の上から、十数名の徒士武者が転がり落ちてくる。

ダンダンダン。ダンダン。ダン。

また十名程がずり落ちてきて、上っている味方と交錯し、絡まって坂を転がり落ちている。酷い有様だ。

（姉帯の奴ら、柵の内側に、別の防衛線を敷いてたんだわ）

下方からは見えない場所に別途放列を敷き、柵に取りついた攻城兵を斉射で薙《な》ぎ倒したのだ。

城兵を舐《な》めて、無防備に上っていた攻城側は、大混乱に陥った。

追い打ちをかけるように、柵の隙間からふた抱えもある大石を幾つも落としてくる。大石はあちこち跳ねながら坂を転がり落ち、多くの攻城兵を圧死させた。

ダンダンダンダン。ダンダンダン。ダンダン。

城兵たちは勢いに乗っている。身を隠さず、柵から乗り出して撃ってくる。三十挺ほどの鉄砲が斉射され、攻城側はまた大きな損害を出した。

「茂兵衛、構わん。こちらからも撃ち返せ。多少の同士討ちは止むを得ん。ワシが許す！」

やられっ放しに焦れた井伊直政の声が命じた。慌てて茂兵衛は、斜面を見渡した。攻城側はだいぶ駆逐されており、現在、柵の近くまで這い上っている味方はほとんどいない。

（今なら、同士討ちも最小限で済むだろう）

「承知ッ」

多少遅れたが、直政に手を振って答えた後、左馬之助に発砲を命じた。

「鉄砲隊、放てッ」

ドンドンドン。ドンドンドン。ドンドンドン。

鉄砲百人組が応射した。六匁筒《ろくもんめづつ》の下腹に響く重たい発射音が轟く。白煙が濛々《もうもう》と立ち込める。柵から身を乗り出して戦っていた数名の城兵が、後方に弾き飛ばされるのが見えた。

「ざまを見ろッ！」

「やってやったァ！」

期せずして味方の陣から快哉《かいさい》の声が上がる。

「それッ、突っ込め！　姉帯城を踏みつぶせェ！」

今度は蒲生氏郷の声だ。否、声だけではなかった。氏郷自身が馬から飛び下り、従者から槍を引っ手繰り、黒い肩掛けをなびかせ、斜面に向かい走り出したのだ。「我が殿を討たせてはならじ」と馬廻衆《うままわり》が後に続く。

「あぁッ、亜将様、抜け駆けは狡《ずる》い！」

と、駆け出したのは、なんと井伊直政ではないか。これまた朱と金色の大天衝脇立兜をかぶり、朱槍を抱えて走りに走る。目立つこと甚だしい。

「これ拾遺様、なりません。危のうござる」

と、茂兵衛が駆け出そうとした刹那――

ダ――――ン。

乱戦の中でもハッキリと聞き取れた一発の銃声。走っていた蒲生氏郷が、大きく首を振り、後方へと弾き飛ばされ、動きを止めた。

（いかん、命中しとるがね）

茂兵衛も駆け出したが、それより前に、主人を守ろうとする馬廻衆たちが、倒れた氏郷に覆いかぶさり押し包んだ。

「ウオ――――ッ」

城内から歓声が上がった。銀の鯰尾兜に黒い肩掛け姿――遠目にも蒲生氏郷だと知れる。城兵たちからすれば、九十一万石の太守を討ち取ったことで、まさに歓喜の雄叫びだ。意気上がる姉帯城兵。対する攻城側は総大将を討ち取られて意気消沈で声もない。ズルズルと斜面から退いてしまった。

(これだもの……大将だからって、派手な形をしとったらいかんのだわ)

「徳川の鉄砲大将、植田茂兵衛にござる。どうかお通し下され。亜将様のお怪我の具合を知りたい」

茂兵衛は面頰と喉垂を外して顔を見せ、殺気立つ馬廻衆を掻《か》き分け掻き分け、人の輪の中心へと入り込んだ。

「おお！」

氏郷は生きていた。

鯰尾兜の正面やや左、鉄板が一番ぶ厚い部分に弾が当たり、角度的に擦《こす》って跳ね、それで命が助かったようだ。氏郷は兜を脱ぎ、地面に胡座《あぐら》をかき、盛んに首の辺りを擦《さす》っていた。

「亜将様、御無事でしたか！」

「それが、なかなか無事ではない。首の骨が外れたかと思うたわい。貴公は、銃弾を兜で受けたことはあるのか？」

「幾度かござる。首の骨が外れたかと思う感じ、よく分かり申す。数日の間は、一つの物が二つに見えまするぞ」

「ハハハ、そりゃええ。得難い経験やな……楽しもう」

と、力なく笑い、馬廻衆の手を借りて立ち上がった。

四

こうして姉帯城攻撃は、初手から躓《つまず》いた。その後も再仕置軍は果敢に攻めたが、崖の上の堅城はしぶとく耐えた。

「急がば回れと申しまする」

茂兵衛は、氏郷に進言した。鉄砲を多く備える山城を落とすなら「竹束がどうしても必要」「現在の五倍は欲しい」と提案し続けたのである。たとえ時がかかっても十分な数の竹束を調達し、その背後に身を隠して斜面を上るべきだ。城兵には竹束の前進を防ぐ手立てはなく、城は無理なく落とせる。茂兵衛の理論は単純かつ明快であった。箱根の山中城攻撃で苦労し、竹束の有効性を知る直政も、茂兵衛の提案を強く推してくれた。

「ただ、あれは重かろう。斜面を上れるのか？」

氏郷が茂兵衛に質《ただ》した。確かに径二尺（約六十センチ）、長さ一間（約百八十センチ）の竹束は重いが、この城の西斜面は勾配がさほどに急峻ではない。二町半（約二百七十三メートル）行って、十丈（約三十メートル）上るほどの坂だ。

「横に四人の大力《だいりき》の者を並べて竹束をゴロゴロと転がしまする。その背後に二十人ほどを隠すことができまする」

「わずか二尺の高さで、弾避けになるのか？」

「完璧ではござらぬが、頭を下げてさえおれば、ほぼ当たりません」

「竹束造りに、幾日かかる？」

「六日もあれば」

「本日は八月二十四日か……分かった。八月の末までは待とう。九月一日未明、竹束を押し立てて斜面を上り、姉帯城を獲る」

「ただ、亜将様……」

傍らで聞いていた直政が、氏郷の気持ちを案じた。この二人、とかく気が合い、最近では朋輩《ほうばい》のような関係性になっている。

「黄門《こうもん》様が、またなんぞゆうてくるのではございませんか？」

「ま、ゆうてくるやろなァ」

と、氏郷が困惑の表情を浮かべて首筋を掻いた。ちなみに、黄門は権中納言の唐名である。秀次も焦っているのだ。姉帯城でもたついて、九戸城に四方から迫る石田三成隊、上杉景勝隊、前田利家隊に総大将たる自分が遅れをとるわけにはいかない。さらには、本丸である九戸城攻略に支障を来したら一大事だ。

「ただ、ま、黄門様はある意味『お飾り』の部分もある」

氏郷の身も蓋もない表現に、直政と茂兵衛は身を硬くした。事実はそうなのだろうが、徳川を代表してこの場にいる身としては、安易に頷くわけにはいかなかった。

「色々と嫌味や叱責をゆうてこられようが、ワシが頭を下げておけば、それ以上はなにもおできにならん。拾遺殿、茂兵衛、色々気にせんと、竹束造りに専心してくれ」

「御意ッ」

直政と茂兵衛が同時に頭を下げた。

（蒲生氏郷公、なかなかの御仁だわなァ。信長が惚れて娘婿にしただけのことはあるがね）

心中でそんなことを考え、ニヤリとした。

姉帯城の囲みを蒲生隊に任せ、井伊隊と茂兵衛組は竹束造りに邁進した。竹束製作は簡単だ。竹を大量に束ねて、荒縄で縛ればいい。むしろ竹を集めるのに苦労した。徳川の二千八百人が総出で付近の山から竹を切り出し、集積し、縄を巻いた。昼夜兼行で頑張った結果、氏郷との約定通り八月三十日までに、大量の竹束が準備できた。

「それ、かかれッ」

氏郷の采配が振られ、天正十九年（一五九一）九月一日、払暁《ふつぎよう》を待って姉帯城への総攻撃が開始された。今回は竹束の数が違う。前を進む者のほぼすべてが、竹束の陰に隠れて斜面を上る。

バタ、バタタッ。バタタッ。

竹束は銃弾をよく防ぐが、その分束の中で弾が暴れ、背後に身を隠す者の心胆を寒からしめるほどの、けたたましい音をたてる。

バタッ。バタバタッ。

（ええい、糞がッ。何度聞いても辛気臭ェ音だぜェ）

竹束の後方で坂を這い上りながら、茂兵衛は首をすくめた。

今回は総攻撃であり、竹束の数も足りていることから、茂兵衛の百人組も鉄砲を抱え、身を低くして斜面を上っている。

「左馬之助ェ」

「はいッ」

隣の竹束の筆頭寄騎が手を振って答えた。

「撃たれてばかりでは士気が下がる。敵も撃つときは土塁から身を乗り出す。そこを狙って撃たせろ」

「承知ッ」

バタッ。バタバタバタッ。

命じる傍から、敵は撃ってくる。

「各自、敵の隙を見て撃てッ」

ドンドン。ドン。ドンドン。

撃ち返すと、土塁上で幾つか悲鳴が起こった。

「やったァ」

「ざまを見さらせェ！」

竹束側から歓声が起こる。

バタ、バタタッ。バタタッ。

と、さらに撃ち返してきて、足軽たちは竹束の陰で肩をすくめた。

「弓組、火矢を放てッ」

ヒョウ、ヒョッ、ヒョッ。

一番後方から四組四十人いる弓足軽たちが一斉に火矢を放った。油を染み込ませた晒布《さらし》に火を点け、鏑矢《かぶらや》に巻きつけている。一町（約百九メートル）近く飛んでも、なかなか消えない。鉄砲の弾は直進するが、矢は大きな放物線を描いて飛ぶ。つまり、土塁の下から射ても、火矢は敵城の奥深くにまで達するのだ。運よく兵糧蔵や火薬庫に火が点けば決定的だし、そうでなくとも、家屋に火が点けば消火に人手が割かれるので、防御が薄くなる。かくのごとく、弓矢は使いようだ。決して「古臭い、時代遅れの得物」ではない。

そうした攻防が幾度となく繰り返されたが、やはり竹束の効果は絶大で、昼前には、十丈（約三十メートル）余りの斜面を、ほぼ無事に上り切ったのである。

「もう十分だわ。ほれ、竹束から出て突っ込め！」

先鋒の指揮を執る直政は一声叫ぶと、自らも朱槍を抱え、竹束を飛び越えて、土塁上に立つ柵に向かい、一気に駆け上がって行った。

「お頭ッ」

左馬之助の声だ。

「槍足軽を三組お貸し下され。拙者、突っ込みたく存ずる」

すっかり忘れていたのだが、左馬之助は今回の九戸攻めを「武功を挙げ、加増を受ける最後の機会」と意気込んでいた。左馬之助の俸禄は現在百五十貫（約三百石）である。鉄砲隊の寄騎は、槍を手に一騎討ちを演じ、首級を挙げる機会に恵まれない。武功が明確でなく、加増は望めないのだ。辰蔵もそうだった。さらに惣無事令が下りた。これが最後の戦と思えば「禄を一貫でも一石でも増やしておきたい」と考えるのは人情だろう。

「ええぞォ。左馬之助、兜首の三つも挙げてこいや、さあ行け！」

「ははッ」

「や、待てッ」

と、逸《はや》る左馬之助を制止した。

「まず、敵に一発撃たせろ。敵がドンと撃ったら突っ込め」

「承知ッ」

ドンドン。ドンドンドン。

早速撃ってきた。

「今だァ。それ行けェ」

六十人いる槍足軽の半数を率いて、筆頭寄騎が斜面を駆け上がって行った。

ただ、戦いは半刻(約一時間)ほどで終わってしまった。左馬之助もさしたる手柄は挙げられなかったようだ。

姉帯城内にいた城兵はすべて討ち取られたか、自刃して果てていた。全滅である。城主の姉帯兼興、その弟兼信《かねのぶ》、兼興の妻で自らも長刀《なぎなた》を手に戦った小滝《こたき》の前《まえ》以下、二百人分の骸が折り重なるようにして横たわっていた。

姉帯城の北方にある根反城も、その日の内に全滅落城した。

五

翌九月二日、姉帯城を発《た》った蒲生隊と井伊隊と茂兵衛組は、再仕置軍本隊と合流、四里（約十六キロ）を北上し、難所である浪打峠《なみうちとうげ》などを越え、九戸城へと至った。

九戸城は、馬淵川沿いの河岸段丘上に立つ、一辺がざっくり五町（約五百四十五メートル）ほどの方形の城である。遠望する分には、土塁をかき上げた幾つかの出曲輪《でぐるわ》が、肩を寄せ合うだけの平城だ。同じ平城でも、大坂城《おおさかじょう》、小田原城、駿府城《すんぷじょう》などの「本丸と曲輪が重層的な構造を持つ近世城郭」を見慣れてきた茂兵衛の目には、いかにも古臭い中世風の城にしか見えなかった。

再仕置軍は、相馬《そうま》口から入った石田三成、佐竹義重、宇都宮国綱、仙北《せんぼく》口から侵入した上杉景勝と大谷吉継、津軽《つがる》口を経て来た前田利家・利長父子と合流し、六万余の大軍となって九戸城を十重二十重《とえはたえ》に包囲した。

井伊隊と鉄砲百人組には、城の東部にある石沢《いしざわ》曲輪を攻め獲れとの命が下った。直政は、石沢曲輪と向かい合う、穴牛《あなうし》と呼ばれる台地に陣を張った。

穴牛と石沢曲輪は、ほぼ同高度で、目の高さが同じだ。ただ、彼我の間には南北に猫淵沢《ねこぶちざわ》と呼ばれる小川が流れており、その両岸が十丈（約三十メートル）ほどの断崖となっている。加えて石沢曲輪側の斜面の下部には切岸《きりぎし》が施されてあり、こうなるともう壁だ。

（ああ、こりゃ無理だがね）

むしろ茂兵衛は、ホッと胸を撫で下ろした。

これだけの断崖絶壁であれば、当面は「なにがなんでも攻め上れ」との無茶を徳川勢が命じられることはまずなかろう。

（せいぜいこの場所から鉄砲を撃ち込むさ。鬨の声だけ盛大に上げさせる。それで、なんとかお茶を濁そう）

これなら、先頭に立って殲滅戦《せんめつせん》を戦い、徳川が東北衆の恨みを買うこともあるまい。家康も大満足だろう。豊臣勢に対しても「あれは壁だ。十丈の壁はさすがに上れない」「せめて鉄砲は盛大に撃ち込んだ」との言い訳は立つ。

（ハハハ、大丈夫だら。戦っとる振りだけしとればええがね。ただ、武功を狙う赤備えの井伊衆は、よほど残念に思うとるだろうなァ）

穴牛だけではなかった。

九戸城は西に馬淵川、北に白鳥川《しらとりがわ》が流れ、かつ河岸段丘の縁《へり》は、どこも切り立った十丈（約三十メートル）もの絶壁であり、事実上攻められない。東西北の三方向は、鉄砲を撃ち合うだけの温い戦場となりそうである。遠目の印象と違い、九戸城は「攻め辛い結構な堅城」であった次第だ。

唯一の例外は南側である。大手門がある二の丸までは、高低差がほとんどない。河岸段丘上の台地をのんびり歩いて行ける。その辺は城側もよく分かっており、二の丸は三十間（約五十四メートル）もの水堀と、丈夫そうな石垣で固められていた。ちなみに、九戸城の石垣は東北の諸城の魁《さきがけ》だという。

誰の目にも、攻め手は南側から大手門を攻めるしかない。他は兎《と》も角《かく》、この場所だけは相当な激戦が見込まれた。

「な、茂兵衛よ」

穴牛の陣内で直政から声をかけられた。

「おんし、どう思う？」

「どうって、なにがでございますか？」

「だからさ……」

最も激戦が予想される南正面に布陣するのは、他ならぬ蒲生勢である。一般に先鋒などの危険な役目には、捨て駒としての部隊を配置するのが厳しい戦国の倣いだ。敵国に攻め入る際には、寝返った国衆は「道案内」と称し、先鋒を務めさせられるのが常識である。しかるに、九戸城攻撃の正面には、事実上の総大将たる氏郷が陣を敷いていた。決して人がいないわけではない。津軽、秋田《あきた》、松前《まつまえ》に南部と「行け」と言われれば行かざるを得ない弱い立場の小大名たちがゴマンといるのだから。

「亜将様らしいと言えばらしいのだが」

直政は、もどかしげに籠手をはめたままの両腕を組んだ。朋輩の氏郷が心配でならない様子だ。

「どうして一番危ない場所を自ら選ぶかなァ。ワシにはあのお方が死に急いどるように思えてならん」

(そこは、あんたさんも似たようなもんだがや)

と、茂兵衛は内心で苦笑した。井伊直政は蒲生氏郷同様、最も危険な場所を選び、家臣の先頭に立って突っ込み、そして年中怪我を負っている。

(亜将様も拾遺様も、まだまだだよなァ。これが平八郎様とか小平太様なら、どんなにヤバイ戦場に突っ込んでも、御自分はかすり傷一つ負わねェものなァ)

そういう茂兵衛も、怪我は少ない方だが、そもそも自分は危険な場所には突っ込まないし、ましてや百人組の先頭に立って突撃するようなことは絶対にしないから、比較対象としては不適格である。

「だからとゆうて亜将様を見殺しにもできん……そこで、おんしに行ってもらおうかな、と思うてな」

「行くって、どこに？」

「だからァ、正面の大手門攻めに百人組をどうだろうか？」

「ど、どうだろうかって？」

激戦地には行きたくない茂兵衛が惚《とぼ》け続けたので、直政が苛つき始めた。

「ふん。おんしが、怖くてどうしても嫌だとゆうなら、ワシが赤備えを率いて亜将様に助太刀するわい。ワシは秀次公から石沢曲輪の攻略を仰せつかっておるのだが『義を見てせざるは勇なきなり』と孔子《こうし》もゆうておる。もうおんしには頼まん。ワシが行く」

「や、ですからァ」

さすがに年貢の納め時である。

「嫌だとはゆうとりませんがね。行きますがな……もう、堪《たま》らんなァ」

そんな経緯にて——鉄砲百人組を率い、蒲生氏郷の陣地へと向かった。

「ありがたい。かたじけない。鉄砲の数が足りんと不安やったんや」

油断のならない伊達政宗の裏切りに備え、国元に多くの兵と鉄砲を残してきた氏郷である。鉄砲百人組の来援を本気で喜んでいるようだ。

ダンダン。ダンダンダンダン。

蒲生勢の右手に布陣する浅野長政隊の斉射で、開戦となった。

「かかれッ。大手門を蹴破れィ！」

銀の鯰尾兜の氏郷が采配を振り回すと、三千人の蒲生勢は大手門へと連なる土橋に殺到した。

水堀は幅が広く、水底には乱杭などが数多《あまた》沈めてあり、たとえ渡りきってもその先には石垣が屹立している。事実上、水堀を渡って攻めるのは難しい。となると土橋を渡るしかないのだが、歩ける道の幅は三間（約五・四メートル）ほどだ。鬨の声を上げて突っ込む蒲生勢は、正面大手門上の矢倉から、雨霰《あめあられ》と鉄砲を撃たれ、矢を射かけられ、累々たる骸の山を築いていった。

茂兵衛は百人組を、土橋を挟んで左右に五十挺ずつ配置し、放列を敷かせた。

水堀に沿って竹束をずらりと並べ「その陰から撃て」と命じてある。

「鉄砲隊、放てッ」

ドンドンドン。ドンドンドン。ドンドンドン。

白煙が立ち込め、一瞬視界を遮った。使っているのは黒色火薬なのだが、なぜか煙は真っ白だ。

「弓隊、放てッ」

ヒョッ。ヒョウ。ヒョッ。

背後から弓隊の四十名が、火矢を城内に射込み始めた。運よく火災でも起こってくれれば儲けものである。

「左馬之助、大手門上の矢倉に弾を集めろ。城兵が鉄砲を構えられんよう、撃ちすくめィ」

「承知ッ」

ドンドンドン。ドンドン。ドンドン。

百挺分の鉛弾《なまりだま》が集中した矢倉がしばし沈黙する間に、土橋上の仲間の骸の陰で息を潜めていた蒲生勢が立ち上がり、城門に向かって走り始めた。

ダンダンダン。ダンダンダン。ダンダンダン。

矢倉からの斉射が来て、土橋上の蒲生勢を薙ぎ倒した。

「こらァ、茂兵衛ッ。矢倉や。もっとしゃんと撃たんかァ」

間髪を容れずに氏郷の怒号がきた。元よりしゃんとやっている。腹が立ったがここは辛抱だ。

「承知……こらァ、左馬之助、ちゃんとやれェ」

「承知ッ……矢倉のみを狙え、他を狙った奴は鼻を削《そ》ぐぞ」

氏郷が茂兵衛を怒鳴り、割を食った鉄砲足軽が左馬之助によって鼻を削がれる。戦とは、かくも不条理で理不尽な——

ドンドン。ドンドンドンドン。ドンドン。

ダンダン。ダンダンダンダン。ダンダン。

「こらァ、茂兵衛ッ！」

「こらァ、左馬之助ェ！」

「耳を削ぐぞォ！　指を詰めるぞォ」

ドンドンドンドン。ドンドンドン。ドンドン。

ダンダンダンダン。ダンダン。ダンダン。

土橋上は、文字通り「死体の山」である。

「ハアハアハア……も、茂兵衛ッ」

硝煙の彼方から、上ずった氏郷の声が聞こえた。

「はいッ」

硝煙に向かって吼《ほ》えた。

「大筒がきたァ。大筒を使う。百匁筒で城門を打ち壊す」

百匁筒——三百七十五グラムの鉛弾を打ち出す大口径の鉄砲である。弾の直径は一寸三分（約三十九ミリ）、西欧の基準では十分に「大砲」だが、本邦では腕で抱えて、そのまま撃つ。つまり「でかい鉄砲」である。この大筒で、門扉《もんぴ》か鎹《かすがい》、乃至は閂《かんぬき》を撃ち抜こうというのだ。

「これから射手を出すから、その間だけ、どうしても矢倉を抑え込んでくれェ」

「承知ッ」

茂兵衛は百人組に発砲を禁じ、全員に弾を装塡させた。

「ええか。一番組から十番組まで順番に矢倉を狙って撃つ」

間断なく撃ち続けることで、敵鉄砲隊が顔を出せなくなればしめたものだ。その間に百匁筒の射手が城門を壊してくれよう。

「十番組が撃ち終わるまでに、一番組は次弾の装塡を済ませておくように。各寄騎、各小頭、分かったかァ？」

「はいッ」

「承知ッ」

「御意ッ」

と、各所から返事が返ってきた。

「一組の小頭、準備ええか？　撃てるかァ？」

「一番組、準備よしッ」

ダ――――ン。

誰かが先走って撃った。命令違反だ。

「こらァ。誰だァ？」

「相すみません。八番組です」

「今度下手打った野郎は、後から調べる。軍法に照らして厳しく罰するぞ」

ここは統制だ。なあなあでは済ませない。

「茂兵衛ッ」

振り返ってみれば、銀の鯰尾兜が陽光を照り返している。

「ええかァ、百匁筒の射手を出すぞ」

「承知ッ」

従者を二人連れ、巨大な鉄砲を抱えた大柄な兜武者が、小走りに土橋へと向かった。一人の従者は、もう一挺別の百匁筒を抱えている。少なくとも二発は撃ち込むつもりらしい。主従三人の決死隊は、山積みとなった味方の遺体の陰に身を隠した。

「大筒の貴公」

大筒を手にした兜武者に茂兵衛が呼びかけた。

「貴公が駆け出したら、鉄砲隊は順次矢倉に撃ちかける。間断なく撃つから、安心して城門を破壊されよ」

「承知ッ。感謝ッ」

と、大筒の兜武者が手を振って答えた。

その後は、大手門前を静寂が包んだ。城兵側も大筒が出たら斉射を浴びせようと、満を持しているのだ。茂兵衛隊の援護射撃がなければ、大筒武者は飛び出したと同時に蜂の巣にされるだろう。

「漢《おとこ》だねェ。大したもんだら」

「武士の鑑《かがみ》だわなァ」

静寂の中から雑兵たちの囁《ささや》き声が伝わってきた。

「それッ」

大筒武者が身を起こし、骸の山を飛び越えて走り出した。

「一番組、放てッ」

ドンドンドンドン。

「二番組、放てッ」

ドンドン。ドンドンドンドン。

この調子だ。休みなく撃ってくるので、城兵側も鉄砲を構えられないらしい。

土橋上の大筒武者は、城門前十五間（約二十七メートル）まで駆け寄ると、大筒を腰だめにして構え発砲した。

ドゴ―――ン。

盛大に白煙が噴き出し、巨大な鉛弾が観音開きの城門のド真ん中を、見事に撃ち抜いた。

「三番組、放てッ」

ドンドン。ドンドン。

「四番組、放てッ」

ドンドンドン。ドンドン。

間断なく十挺分の銃弾を浴びせ続ける。途切れた瞬間に、大筒武者は死ぬ。

「五番組、放てッ」

ドンドン。ドンドン。

「六番組、放てッ」

ドン。ドン。ドンドンドン。

ダンダンダン。ダンダン。

その時、矢倉上から五、六挺の斉射がきた。敵も必死だ。危険を承知で銃口を突き出し、撃ってきたのだろう。

一発が大筒武者の腹に当たり、もう一発が予備の大筒を抱えた従者の脳天を撃ち抜いた。

「ああッ、糞ッ」

茂兵衛は、思わず身を乗り出した。

「七番組、放てッ」

ドンドン。ドンドンドンドン。

一度は倒れた大筒武者だが、もう一人の従者に助けられて身を起こし、死んだ従者の手から予備の大筒を摑み上げ、フラフラと銃口を城門に向けた。

「八番組、放てッ」

ドン。ドン。ドンドンドン。

「九番組、放てッ」

ドン。ドンドンドンドン。

ドカ――――ン。

二発目の百匁弾が発射され、足場でも撃ち抜いたか、矢倉がガクリと傾いた。

だが、いまだ城門は無事である。

ダンダンダン。

傾いた矢倉から決死の斉射がきて、大筒武者は生き残った従者もろとも土橋上に崩れ落ちた。

「十番組、放てッ」

ドンドン。ドンドンドン。

「鉄砲隊、撃ち方止めッ」

茂兵衛が叫んだ。大筒武者は死んだ。もう援護射撃の必要はない。

「ウオ――ッ」

城兵が鬨の声――否、雄叫びを上げた。

「オオオ――ッ」

期せずして、攻城側からも雄叫びが上がった。

大筒の攻撃をしのいだ籠城側の歓喜と、三人の勇者の健闘を称える攻城側の声がみちのくの原野に交錯した。

「こりゃ……長い戦になるど」

誰かが呟くのが聞こえた。

六

事実上の総大将である蒲生氏郷は、豊臣家にあっては一門衆として重く扱われている浅野長政、徳川家康の名代である井伊直政を自陣に呼び、よくよく相談を重ねた。

天正十九年（一五九一）九月三日は、新暦に直せば十月の二十日である。九戸城がある二戸《にのへ》は、陸奥国の中でも北方に位置する土地だ。朝には霜が降りて、初雪も時間の問題と思われた。

「雪の中での戦に、西国の兵は慣れておらん。ワシの所領は会津やが、元々は近江の出や。兵糧のこともあれば、この場所に再仕置軍は長陣できん」

氏郷がブツブツと言って、さらに続けた。

「その上、九戸勢の戦意は極めて高いわな」

「そこは同意致す」

浅野長政が氏郷に同調した。

「もしこの地での戦が長引けば、九戸政実に同調する勢力が増えてくることは必定や」

氏郷の杞憂《きゆう》ではない。すでに葛西《かさい》、大崎《おおさき》、和賀《わが》、稗貫《ひえぬき》、仙北など、東北一円で一揆が続発しているのだ。

「ワシは、早期の決着を目指したい。講和の使者に我が書状を託して、城内に送り込もうと思う」

九戸氏の菩提寺である長興寺《ちょうこうじ》の薩天《さってん》和尚は、政実と昵懇《じっこん》であるそうな。和睦の使者としては打ってつけだ。

「で、講和の条件はいかがなされる?」

井伊直政が質した。

「惣無事令下で謀反を起こしたのは紛れもない事実や。政実以下、首謀者十名ほどには腹を切ってもらう。それをけじめとし、城兵の命は助ける。どうや?」

「それで首を縦に振るかな」

浅野長政が首を傾《かし》げた。

「籠城の五千人、戦いぶりを見ても、端から死を覚悟の籠城であろうからのう」

長政は今年四十五歳。秀吉とは相婿――秀吉の妻寧々《ねね》の義妹の婿――の関係にある。派手さこそないが、仕事の確かな男だ。秀吉からの信頼も厚く、現在は若《わか》狭《さ》一国八万石を与えられている。

「謀反人《むほんにん》には謀反人なりの理《ことわり》があろうから『切腹の前に言い分は聞く』との一文を入れてはどうか。聞くだけなら構わんだろ。言うだけ言えば、気持ちが収まるのが人とゆうものだがね」

長政が苦く笑い、井伊直政も同意して頷いた。

「では、その手で参るか」

と、氏郷が床几から立ち上がった。

氏郷による秀次の説得は難航を極めた。

秀次は「謀反人は皆殺しにせよ」を繰り返すばかりだ。挙句の果てには激高して、「ワシは関白殿下の名代である」と叫び出したという。氏郷も閉口したが、そこは胆力のある男だから、怒りをグッと堪《こら》えて鋭意説得を続けた。幸い、一門衆の立場から浅野長政が、秀吉の朋輩の立場から前田利家が、それぞれ氏郷案への賛同の意を示したので、さすがの秀次も、不承不承に受け入れた。

「確認致しまする。降伏開城の条件は以下の如し。第一に、首謀者が切腹すれば、城兵の命は助ける。ようございますね？」

「ああ、わかった」

「第二に、切腹の前には、九戸政実の言い分を聞く。こちらも宜しゅうございますな？」

「それでよい！」

それだけ言って、秀次は荒々しく席を立ったという。

その日の内に、やる気満々の薩天和尚は九戸城の大手門を潜り、氏郷の親書を九戸政実に届けた。

翌九月四日未明、九戸政実は城兵を救うため、嫡男と重臣数名を連れて城門を開き、再仕置軍に降伏した。全員が死を決意した死装束であったという。

しかし、総大将豊臣秀次が謀反人を許すことはなかった。

氏郷が「文書により、城兵の命は救うと約定を交わしておりまする」と泣きながら懇願したが、未だに小牧長久手の恥を引き摺る秀次は「謀反人全員の処刑」を氏郷に命じた。

政実が降伏した四日の夜、九戸城の二の丸に集められた女子供を含む九戸氏の一族郎党は、周囲から火をかけられ、炎から逃げ出した者は斬られ、全員が惨殺されたのだ。二の丸の炎は三日三晩燃え続けたという。

しかし、幸いにも茂兵衛は、その虐殺現場を見ずに済んだ。九戸政実を京の聚《じゅ》楽第《らくだい》へと護送する役目を秀次から命じられ、四日の午後には九戸城を発っていたからだ。

「小牧長久手で、手前《てめ》ェが逃げたからってよォ。なんで九戸の衆を皆殺しにするんだら？」

仁王の鞍上で茂兵衛は、傍らで馬を進める左馬之助に小声で訊いた。現場こそ見ていないが、九戸一族の末路が悲惨なことは誰もが知っていた。

「さあね。『舐めるなよ。俺は怖いんだぞ』ってことですかね？」

左馬之助が興味なさげに答えた。

「降伏した後の無抵抗な相手を殺したからってよォ、手前ェの怖さの証にはならねェんじゃねェのか？」

「まあね」

「秀次はよォ、馬鹿なのかい？」

「お頭、声がでかい」

筆頭寄騎が辺りを見回し、顔を顰《しか》めた。

背後から、九戸政実が茂兵衛を大声で呼んだ。

「植田殿、植田殿、植田殿」

「うるせェ客だァ」

茂兵衛は舌打ちし、仁王の馬首を巡らせ、政実の元へと駆けつけた。護送の作法は秀次から命じられた通りにしている。政実は、白装束のまま縄で縛られ、筵《むしろ》をおいただけの裸馬に揺られていた。罪人ということで鞍《くら》はない。尻が痛そうだし、同情しないではないが、秀次の命令に違反し、家康や井伊直政に迷惑がかかってはならない。

「あのなはん。最前から幾度も申すでおる通りで、話すが違うでがんす」

「それがしに文句をゆわれても困るでござるよ」

「蒲生の少将様に会わせで下され。少将様の書状にだば、確かに『言い分さ聞いでくれる』と書いてあったでがんす。今さら命は惜しくねども、兵を起ごすだ大義名分だけは聞いてもらわねば死《す》んでも死《す》に切れん。ワシらにはワシらの言い分がござる」

「だからァ、貴公はこれから京まで行く」

茂兵衛は必死で説得した。

「聚楽第には関白様《かんぱく》がおいでになるから、御前で言い分を聞いてもらえるのではねェかな？」

「それは本当に本当でがんすか？」

「ま、約定まではできんが」

政実の印象はだいぶ違った。堂々とした戦いぶり、統制の取れた兵の動きから、よほど寡黙で重厚な古武士《こぶし》を想像していたのだが——よく喋《しゃべ》り、笑い、主張する。年齢は五十代半ば。小柄で痩身、すこし秀吉に似ていた。

「じゃじゃ。貴公ら上方衆はそうやってすぐワスらば騙す。上方衆は信用がならねェ。息を吐ぐように嘘を抜がす」

「や、待たれよ。それは心外。我ら徳川は上方衆ではござらん。三河《みかわ》より東が東国、尾張《おわり》より西が上方にござる。現に三河と尾張の国境《くにざかい》には、境川《さかいがわ》とゆう川が流れてござる」

「さ、境川の境は、東国と上方の境との意でござるのか？」

「間違いござらん」

断言したが自信はない。平八郎が酔うといつも喚《わめ》く台詞《せりふ》なのだ。上方嫌いという意味では、政実と平八郎は話が合うやも知れない。

旅はさらに数日続いた。

護送となると、茂兵衛はいつも遠江国草薙での大失態を思い出す。もう伏兵だの、待ち伏せだので痛い目に遭うのは懲《こ》り懲《ご》りだから、小久保一之進と植田小六、赤羽仙蔵の三人に、それぞれ槍足軽十人ずつをつけて、隊列の周囲を広範囲に巡回させている。

平泉《ひらいずみ》、一関《いちのせき》を経て山間の道を進んでいたとき、後方から騎馬武者が一騎、人馬共に大汗をかきながら坂を駆け上ってきた。朱色の頭形兜《ずなりかぶと》に、朱色の具足《ぐそく》姿である。井伊直政の家臣とみた。天正十九年（一五九一）九月十五日、昼過ぎのことである。

「手前、井伊家家臣、本多馬之助《ほんだうまのすけ》と申す者」

兜武者は、喘《あえ》ぎながら茂兵衛の前に片膝を突いた。名乗ったということは、単なる伝令ではなく、歴《れっき》とした直政の使者なのであろう。嫌な予感がした。

直政からの命令は最悪であった。ただちに九戸政実の首を刎《は》ね、京へは「首のみを運ぶように」と秀次から命じられたらしい。

「なんでそんな手間をかけるんだよォ？」

と、不機嫌に応じた。政実を己が手で殺さねばならぬことに茂兵衛は苛立ったが、使番に当たるのは見当違いだ。

「この先、道は大崎に差し掛かりまする。大崎は謀反が起きた土地柄。罪人を奪還されては一大事との思《おぼ》し召しにございまする」

「あ、そう」

ここでふと思い当たった。

大崎一揆残党の襲撃を恐れて――は口実で、秀次は政実が秀吉に「余計なことを喋るのではないか」と不安になったのではなかろうか。自分は虚仮《こけ》にされている。自分は軽くみられている。自分は信用されていない。疑心暗鬼に陥った男が考えそうなことだ。ただ、首を刎ねろと言われれば、茂兵衛としては刎ねるしかない。

「そのような次第にて……まことに残念なのだが」

馬之助以外の人払いをしてから、政実に仔細を告げた。

「ま、すがだねすなァ。やっぱり言い分は聞いてもらえねのが？」

「残念ながら」

「ワス、秀次公と氏郷様に、ほんどに騙されたんだなァ。どうせ死《す》ぬなら九戸城で仲間たちと一緒に、最後まで戦って死《す》にたかったわ」

命は惜しくなくても、言い分を聞いてもらえないのがよほど悔しい様子だ。

「なんなら、その言い分とやら、それがしが伺うが？」

「なんと、植田殿が？」

ギロリと睨んできた。

「しからば……」

政実は声を張って語りだした。

戦国期、南部家内は宗家を中心に緩い連合体を作っており、その関係性は決して「主従関係などではなかった」と政実は主張した。それを秀吉が「宗家が主人、他家は皆家来」と強引に位置付けたものだから話はこじれた。

「昨日まで、同じ目の高さで助け合い、尊敬し合ってきた者同士が、今日からだば主人と家来だとよォ……ワスら我慢がならなかったのしゃ！」

「しかしだな」

ジッと聞いていた茂兵衛が反論した。

「豊臣は力で天下を取ったんだがね。我ら徳川も貴公らみちのくの衆も、力が足りずに豊臣に屈したんだわ。恨むなら己の力のなさを恨むべきではねェのか」

「や、ワスらのだば、昨日今日の恨みではね！」

政実が吼えた。

「坂上田村麻呂《さかのうえのたむらまろ》や八幡太郎義家の頃から、みちのくだば、上方勢から蹂躙され、虚仮にされ、支配されてきたのしゃ。勝手放題に虐げられてきたのしゃ。我らの胸には上方勢への先祖伝来の深い遺恨が燃え盛っているのしゃ」

（ああ、なるほどねェ）

謎が解けたと思った。小鳥谷で腹を三度刺されても、あの兜武者は死ななかった。政実のいう「上方勢への先祖伝来の深い遺恨」が彼を生かし続けたのに相違ない。

（みちのくは……厄介だなァ）

と、茂兵衛は心中で呟いた。

「もし、貴公さえよければ、それがしが仕《つかまつ》るが……いかが？」

政実の言い分を聞き終えてから、茂兵衛が、腰の太刀の柄を二度叩いた。

「仕るって……これか？」

と、政実が己が首を手刀で二度叩いてみせた。茂兵衛も二度頷き返した。

「植田殿にお頼みできれば、それがなによりだども」

「人の首は幾度も落としてござる。斬り損じて、苦しまれるようなことだけはないように致す」

「苦しむ云々よりも、切り口どごスパッと綺麗にたのみてなァ。鋸《のこぎり》で切ったみてのはやんだァ」

政実が茂兵衛を見て、ニヤリと笑った。

本多馬之助は、処刑の式次第まで細かく命令を受けていた。切腹ではなく、斬首であること。辞世の句などを残すことは許されないこと。体はその地に埋め、墓石は置かず、首だけを塩漬けにして聚楽第まで運ぶこと、などが伝えられた。

(まったく秀次の野郎……細けェなァ)

辟易《へきえき》しながらも、左馬之助に命じて天幕を張り巡らせ、即席の刑場とした。

「植田様、くれぐれも斬首でございまするぞ」

天幕を張るのを見た馬之助が、厳しい表情で確認した。罪人に名誉の切腹でもされたら、使者として大失態だ。

「斬首だよ。斬首に決まってんだろ……罪人を見てみろ、身に寸鉄も帯びてねェぞ。どうやって腹ァ切るんだよ」

と、職務に忠実な若者を睨みつけた。

「手前も処刑には立ち会わせて頂きまする」

「ああ、いいよォ」

天幕の中には、政実と茂兵衛、馬之助の他に、立会人として筆頭寄騎の横山左馬之助と次席寄騎の浜田大吾にも入ってもらった。

控えた政実に茂兵衛は歩み寄り、身を屈め、扇子《せんす》を手渡した。

「植田様、その扇子はなんでございましょうか？」

馬之助が慌てて質した。

「見た通りの扇子だら。おまん、扇子も知らんのか？」

左馬之助と大吾がニヤニヤと笑って、茂兵衛の下手な芝居を助けてくれた。

「形だけ、お腹に突き立てなされ。よき頃合いを見て、お首を落としまする」

茂兵衛は政実に耳打ちした。

「あ、ありがとがんす」

政実が小声で答えた。

茂兵衛が太刀を抜くと、政実は威儀を正し、扇子を逆手に長く持った。

長閑《のどか》な声で、政実が語り掛けてきた。

「のう、植田殿？」

「はい」

「謀反など、起こさねばよかったかのう。ワスさえ隠忍自重《いんにんじちょう》して顔を伏せておれば、家子郎党《いえのころうとう》どもは今宵も美味い酒を飲み、女房殿の尻を撫でられたものを」

政実が寂しそうに呟いた。

「貴公の御家の事情は存ぜぬが……」

茂兵衛が答えた。

「それがしは九戸の強者《つわもの》どもと、さんざ戦ってござる。誰も彼も滅法強かった。あれは、命じられて嫌々戦に臨んどる者たちの戦いぶりではなかった。そう感じ入ってござる」

政実が指先で涙を拭った。

誰にともなく一礼した後、政実は扇子の先を己が腹に押し当て、茂兵衛に会釈した。茂兵衛の太刀が一閃《いっせん》し、血飛沫と共に九戸政実の首はゴロンと落ちた。この瞬間、豊臣秀吉天下統一への最後の異議は鳴りを潜めた。

終章　九戸政実の首

政実の首と共に山を下り、栗原郡《くりはらぐん》の三《さん》ノ迫《はざま》と呼ばれる開けた土地に出たところで陽が暮れた。鉄砲百人組は、三百人の大所帯であるから、山中での露営はちと厳しいのだ。

左馬之助に命じ、早速、露営の準備にかからせた。今日からは「謀反人《むほんにん》の首の運搬役」である。昨日までの「謀反人の護送役」と較べるとだいぶ気が楽になった。生きたままの九戸政実を一揆の残党に奪われると、総大将なり、精神的支柱なりに祭り上げられようし、豊臣政権としては面目が丸潰れだ。当然、徳川家にも叱責は及ぶだろう。その点、首級を奪われたぐらいなら、頭《かしら》である茂兵衛一人が腹を切れば済む、その程度の話だ。だいぶ違う。

明るい夜であった。満月が暮れ六つ（午後六時頃）には上り始め、終夜空にある。

「まるで政実殿の死を、天が悼《いた》んどるようだなァ」

茂兵衛が小六に囁《ささや》いた。役目の途中であり、さすがに酒は飲まないが、夕餉《ゆうげ》を甥と取りながら「命を賭して秀吉に最後まで抗った武人」を偲《しの》んだ。

「ね、お頭……」

小六が珍しく威儀を正し、茂兵衛に向き直った。

「あの……このお役目を終え、江戸《えど》に戻ったら、伯母上の侍女の於妙殿と所帯を持とうかと思うとるのですが……お許し頂けましょうか？」

（ほら、来やがった）

小六が於妙に懸想《けそう》していることは、以前から察していたのだ。於妙の家は東《ひがし》三河《みかわ》は植田村の農家だが、村でも有数の豪農だ。俸禄七十五貫（約百五十石）で貧乏暮らしの小六の嫁には丁度いい。

「おまん、うちの綾乃と夫婦《めおと》約束しとったんではねェのか？」

めでたい話ではあるが、あまりにトントン拍子でいくと、意外にしっぺ返しを食らうものだ。厄落としの意味でも、茂兵衛は心を鬼にして、小六をからかうことにした。

「あれは……ママゴトの折に出た話ですから」

「つまり、綾乃とのことは遊びだったってことかい？」

と、息がかかるほどまで顔を近づけ、険しい目つきで睨みつけ、甥が周章狼狽《しゅうしょうろうばい》する様を心から楽しんだ。

「や、でも……べ、別に指一本触れてませんよ」

「たァけ、当たり前だァ」

と、甥の月代《さかやき》の辺りをペチンと叩いた。

なかなか寝つけなかったので、茂兵衛は天幕を出て一人満月を見上げた。

（これからは戦《いくさ》のない世になるんだ。小六もこのまま鉄砲隊にいては出世は望めねェ。嫁を貰っても貧乏暮らしじゃなァ……頭のできも、人柄もまずまずだ。鉄砲隊で何年も務めたから度胸もそれなりに据わってる。小六はまだ若いし、どうだろうか、殿様のお側に仕えさせるってのは……佐渡守《さどのかみ》様か平八郎様にでも頼んでみるか）

「ん？」

喧噪が物思いを途切れさせた。数名が怒鳴り合っている。なんだろうか？

「お頭……」

三番寄騎の赤羽仙蔵の声だ。

「おう」

「物乞いの親子が紛れ込んでございまする」

「物乞い？」

「それが、目つきが鋭く、険しく、おそらくは盗人《ぬすっと》かと」

よくあることである。将兵の露営地に忍び込む盗人は、商人か芸人か物乞いに変装するものだ。

「親子なのか？」

「はッ。父親と元服前後の若造にございまする」

親子の盗人——妙に引っかかる。

「面《つら》が見たい。連れて来い」

と、幕の陰の赤羽に命じた。

茂兵衛の目には、親子は盗人にも物乞いにも見えなかった。大男の武将の前に引き据えられても尚、怯える様子は微塵《みじん》も見せない。二人とも確実に武士だ。父親の方は、小柄で痩《や》せている。縄こそ打っていないが屈強な槍足軽が三人、背後で見張っていた。

「おまんら二人が物乞いでねェことぐらいは、先刻承知だァ」

茂兵衛が詰問した。

「ここに忍び込んだ目的はなんだら？　ゆうてみりん？」

「正真正銘の物乞いにござまする」

と、年嵩の物乞いが太々しく答えて、頭《こうべ》を垂れた。

茂兵衛は床几《しょうぎ》から立ち上がり、腰の太刀《たち》を抜きざま、若い方の物乞いに突きつけた。長大な太刀の切っ先が、鼻の一寸（約三センチ）先にあるが、少年は挑むような険しい目つきで茂兵衛を見上げている。

「ふん、こんな胆の据わった物乞いはおらんがね」

茂兵衛は太刀を鞘《さや》に戻すと、年嵩の男の前にしゃがんだ。

「目的は九戸政実の首か？　おまんは、主《あるじ》の首を取り返しにきた九戸の残党と見たが、どうだら？」

「……………」

表情を一切変えない。当て推量で言ったのだが、ま、当たらずといえども遠からずといったところだろう。

「残党にせよ、盗人にせよ、はたまた本物の物乞いにせよだ。我が陣内へ忍び込んだからには、首を刎《は》ねるのが軍法だがね、そこの覚悟はええな？」

「…………」

二人とも返事をしない。ひたすら茂兵衛を睨んでいるだけだ。

「俺は徳川の家臣だ。徳川は三河国《みかわのくに》の産《さん》で、上方勢とは違う。ここだけの話、どちらかと言えばみちのくの衆に同情しとるんだわ。どうせ死ぬなら、駄目元で一度胸襟を開いてみてはどうだら？」

親子はしばらく黙っていたが、やがて父親の方が口を開いた。

「主人九戸将監《しょうげん》（政実）の首は、京《きょう》か大坂《おおさか》で人前に曝す気であろう。ここに至っては、はあ、もうなぬもできんが、せめてェ主人の首だけだば、故郷に持ち帰り、懇《ねんご》ろに祀りてェと考えだのしゃ」

見上げた忠臣である。

「ほう……貴公、名は？」

「九戸左近《さこんの》将監が家臣、佐藤監物《さとうけんもつ》」

「同じく佐藤監物が一子、外記《げき》」

親子が相次いで答えた。

「その忠義心に免じ、生首の一つや二つくれてやりてェところだが、それをすると、それがしと徳川が、関白様《かんぱく》から役目過怠を問われる。なかなかに難しい」

有り体に、正直に答えた。すると監物が、声を潜めた。

「さればァ……手前に、良ぎ知恵だばござる」

「どうする？」

「御無礼ながらァ……お腰の短刀どご、暫時《ざんじ》お貸す願えませぬでしょうか？」

と、頭を下げ、捧げるように両手を差し出した。

「短刀だと？」

茂兵衛は太刀を佩《お》びている。脇差は持たず、短刀のみを帯に挿していた。

（この短刀を渡したら、野郎は俺に突っかかって来るかなァ？　手前《てめ》ェの得物で刺されたら、末代までの恥だわなァ）

ただ、足軽三人がいるし、傍らには三番寄騎の赤羽と植田家郎党の富士之介が控えている。

（ま、大丈夫だろう）

短刀を腰から鞘ごと抜いて監物に手渡した。

監物は傍らの倅《せがれ》を見て、互いに頷き交わした後、茂兵衛に頭を垂れた。

「御恩情は忘れませぬ……しェば、御免」

と、身を起こして天幕の隅へと移動し、短刀を抜くと、やおら体重をかけるようにして己が首へと切っ先を突き立てたのだ。

「グフッ」

「ああッ」

倅の外記は、事切れた父の骸《むくろ》に歩み寄り、その手から短刀を剝がし取ると、その得物で父の首を切り取り、両手で支えて、茂兵衛の前に示した。落ち着いたその所作を見る限り、事前に打ち合わせていたものと思われた。

「なんの真似だよ？」

血の滴《したた》る生首に辟易《へきえき》しながら茂兵衛が質《ただ》した。

「父は生前より、主人九戸将監に容貌が似ているのが自慢にございました。この首と主の首とを差し替えて頂ければ……」

（おっと、そうゆうことかい……でも、首を取り替えたのが秀吉側にバレたら目も当てられん。俺ァ切腹だがね。さりとて「東北は厄介」だし、どうするかなァ）

「分かった。分かったよ……その首を持って、ついてこい」

と、外記を九戸政実の首桶へと誘《いざな》った。

蓋を開け、政実の首級を見ると、確かに監物と容貌がよく似ている。幾ら秋とはいえ京に着く頃には、首はだいぶ蕩《とろ》けているだろうし、万に一つ政実の顔を知っている者がいたにしても、ほぼ見分けはつくまいと判断した。

「ええぞ、首を取り替えろ」

「かたじけない！」

外記は素早く首級を交換すると、主の首に一礼し、懐から出した晒布《さらし》に包んで小脇に抱えた。

（この若者は今、父親の首を切り取ったばかりなんだわ……それでもこうして冷静でいられる。よほどの胆力なんだろうなァ。大したもんだわ）

なぜか、父親に暴言を吐き、母親から折檻《せっかん》された娘の泣き顔が思い出された。家に戻れば、綾乃との関係性を修復せねばなるまい。

「どうか、貴方様のお名をお聞かせ下され」

片膝を突いて控えた外記が、茂兵衛に質した。

「俺の名前なんぞは、どうでもええよ。それよりなァ」

茂兵衛は、この場で家康への義理を果たさねばならなかった。

「さっきも申した通りでよォ。徳川は上方勢とは違うのよ。東北の衆のことは朋《ほう》輩《ばい》だと思うとる。仲間だと思うとる。豊臣の世だから、命じられればこうして参陣もするが、本心はまた別だ。そこのところを、みちのくの衆にくれぐれも勘違いして欲しくねェんだわ」

「承知すますた。手前、及ばずながら徳川様のお立場を、広くみちのくの民に伝えることと致しまする」

「頼んだぜェ」

青年は、主人の首級を小脇に抱え、父の首が入った首桶と、名も知らぬ徳川の鉄砲大将に一礼し、闇の中へと姿を消した。

「殿様……へへ、これでええですかねェ?」

と、茂兵衛は呟き、満月を見上げて苦く笑った。


その後、佐藤監物の首は聚楽第《じゅらくだい》まで運ばれ、謀反人九戸政実の首として、京の町に曝された。そして現在も、岩手県九戸郡九戸村には、首を持ち帰った佐藤外記の名と共に、九戸政実の立派な首塚が残されている。

本作品は、書き下ろしです。
協力：アップルシード・エージェンシー

双葉文庫

い-56-14

三河雑兵心得《みかわぞうひょうこころえ》

奥州仁義《おうしゅうじんぎ》

2023年 12月16日　第1刷発行

【著者】
井原忠政《いはらただまさ》

【発行者】
箕浦克史
【発行所】
株式会社双葉社
〒162-8540 東京都新宿区東五軒町3番28号
［電話］03-5261-4818(営業部)　03-5261-4831(編集部)
www.futabasha.co.jp(双葉社の書籍・コミックが買えます)
【印刷所】
中央精版印刷株式会社
【製本所】
中央精版印刷株式会社

【フォーマット・デザイン】
日下潤一

ISBN978-4-575-67183-4 C0193
Printed in Japan